COLLECTION FOLIO

Henri Vincenot

Le maître des abeilles

Chronique de Montfranc-le-Haut

Denoël

Né à Dijon en 1912, Henri Vincenot est un véritable Bourguignon « de la Montagne ». Il passe son enfance dans les monts de Bourgogne, à Châteauneuf, d'où sa famille est originaire.

Après l'école des Hautes Études commerciales, il séjourne au Maroc puis entre à la compagnie P.L.M. et collabore pendant plus de vingt ans à *La Vie du rail* en tant que rédacteur de cette revue.

Connu pour ses romans *Walther, ce boche, mon ami* (prix Erckmann-Chatrian), *La pie saoule*, *Les chevaliers du chaudron*, *Le pape des escargots* (prix Olivier de Serres), ses ouvrages historiques sur la vie du rail et sur la Bourgogne au temps de Lamartine, et surtout *La billebaude* et *Les étoiles de Compostelle*.

Le maître des abeilles est le dernier ouvrage d'Henri Vincenot. Il devait être le premier volume d'une chronique bourguignonne que la maladie et la mort, en 1985, ont interrompue.

NOTE AU LECTEUR

Ce roman constitue le premier volet d'un triptyque que l'auteur projetait d'écrire. La maladie puis le décès ne lui ont pas permis de terminer cette *Chronique de Montfranc-le-Haut*.

1.

Alors que l'horloge de l'hôpital de la Salpêtrière sonnait trois heures du matin, Louis Châgniot, qui dormait seul dans le lit jadis conjugal, fut ébranlé par un grand bruit, semblable à un grondement sismique. Dans son sommeil, il assista à un éboulement prodigieux : c'était une maison, très ancienne, couverte de ces lauzes calcaires qu'en Bourgogne on appelle à tort des « laves », qui s'effondrait lentement, comme en un ralenti de cinéma, entraînant son pigeonnier carré situé à gauche de la façade et, à droite, une sorte de tourelle qui devait abriter l'escalier desservant l'étage et les greniers.

Il vit, comme s'il avait été présent sur les lieux, l'épaisse toiture de pierre s'enseller lentement dans un long craquement et les lauzes glisser les unes sur les autres alors que les poutres et les chevrons saillaient brutalement comme le cadavre d'un campagnol écrasé sous une meule de moulin.

Il vit les murs s'écarter et, avec une lenteur de cauchemar, s'ébouler dans un bruit sourd et profond; puis un lourd silence se fit alors qu'un nuage de poussière jaunâtre s'élevait comme une fumée de paille mouillée. C'est à cet instant que Louis Châgniot se réveilla. Il était couvert de sueur, tremblant et brisé comme s'il avait été lui-même enseveli sous ces décombres encore palpitants.

Il tendit la main gauche vers ce creux indélébile que sa femme avait imprimé dans la literie au cours de vingt-deux ans de vie conjugale, n'y trouva personne, se souvint que son épouse, en claquant la porte, était partie avec leur fille, l'avant-veille, dans sa voiture vers une de ces étranges agglomérations que des gens, appelés curieusement promoteurs, ont hélas construites dans les coins les plus beaux de la montagne française. Elle voulait, disait-elle, faire, comme tout le monde, du « ski de printemps », en ajoutant avec un joli mouvement de menton : « Je veux vivre ma vie, moi; on n'est plus au Moyen Age! », phrase qu'elle répétait souvent depuis qu'elle avait assisté aux premières réunions de Mme Halimi.

Il crut, un moment, que ce rêve d'éboulement était prémonitoire et l'informait que sa femme, piètre conductrice, allait avoir ou venait d'avoir un accident sur la route du « ski de printemps », fort encombrée en ce début de vacances de Pâques. Il en eut une sueur froide et se dressa sur son séant mais, tout à coup, il revit cette maison, le grand sureau près du seuil, le poirier avec son nid de pie, la petite crèche sur le côté, d'où, dans sa mémoire, provenaient les grognements d'un cochon. Un peu en retrait, le hangar avec son bûcher et la grange avec son bel auvent, merveille de charpente ancienne.

Tout cela était très flou mais suffisamment net pour qu'il y reconnût la maison où il avait été élevé par son arrière-grand-mère, sa nourrice sèche comme l'on disait, jusqu'à l'âge de cinq ans. C'était tout simplement la vieille maison familiale, dans ce village perché au fin dessus des Arrières-Côtes, face à l'est, vieille, très vieille maison, véritable carapace de pierre, orientée comme une cathédrale dans l'axe solaire du solstice de Noël. Et il eut un grand choc au cœur.

Il s'ébroua énergiquement pour se faire violence, voulut en rire en se traitant de plusieurs noms de prédateurs à plume et à poil que sa mémoire avait gardés de cette première et truculente éducation bourguignonne et, plutôt que de se rendormir, il revit en un éclair l'enclos, la maison de sa petite enfance et le rideau de chênes tortus, cet arbre sacré des Gaulois qui, disait son arrière-grand-père, avait donné le nom à la famille Châgniot.

Il se leva d'un bond et sauta d'un même coup dans son slip et sa culotte qu'il laissait toujours, le soir, lovés l'un dans l'autre sur la descente de lit tels qu'il les avait quittés la veille et ainsi tout prêts à l'usage (dix-neuf fois sur vingt, il réussissait ce tour de force que lui avait appris son arrière-grand-père, le paysan, exercice qui consistait à tomber, du premier coup, le pied droit dans la jambe droite, le pied gauche dans la jambe gauche. On n'avait plus qu'à remonter le falzard et boucler la ceinture. Il gagnait ainsi quelques précieuses secondes chaque matin). Il ne prit mêmc pas le temps d'ouvrir le réfrigérateur pour sortir son lait pasteurisé et son beurre frelaté, ni de brancher son rasoir électrique, gestes appris au cours de quarante-cinq années de vie parisienne.

Oui, quarante-cinq années de vie parisienne sans aucune autre interruption depuis son mariage que le mois de congé que sa femme voulait passer chaque année « sur la Côte [1] » – « Je veux vivre ma vie, on n'est plus au Moyen Age » –, un mois de

1. « Sur la Côte » : expression réservée exclusivement aux séjours sur la côte méditerranéenne, les autres côtes françaises étant à l'époque peu fréquentées.

canicule pulvérulente et nauséabonde que Louis subissait stoïquement pour essayer de s'assurer, au cours des onze mois parisiens, au moins quelques instants de paix et de tendresse conjugales. Il était conditionné, moulé, par ces quarante-cinq ans d'urbanité de bon aloi et ne pensait plus du tout à cette vieille bicoque où il avait passé, près d'aïeux patoisants, les plus fécondes et les plus douces années de son enfance. Il avait même réussi, pour ne pas trop déplaire à son épouse, à les effacer de sa mémoire.

Et voilà que, d'un seul coup, un cauchemar lui rappelait cette merveilleuse demeure, au parfum de pommes douces, de miel et de fumée de bois. Et il avait vu cette maison s'effondrer avec un grand bruit de tremblement de terre! Sûr, il était arrivé un malheur à ce sanctuaire familial dont, comme ses grands-parents et ses parents et comme tant d'ilotes urbains, il ne s'était jamais inquiété, sinon pour payer en protestant les quelques francs d'impôts fonciers chaque année. Il prit ses papiers, son carnet de chèques et frappa à la porte de la chambre de son fils pour lui annoncer la catastrophe, en hurlant : « On part! Loulou, on part! Lève-toi! On part pour Montfranc! La maison s'écroule! »

Loulou, encore vêtu, était hélas vautré sur son lit, l'œil éteint et légèrement révulsé. Apercevant une seringue hypodermique sur le matelas, Louis Châgniot poussa un rugissement douloureux, jeta la seringue sur le sol où elle se brisa. Grondant de colère, il souleva son fils dans ses bras, descendit ainsi les trois étages de l'escalier 8 du bâtiment P de son H.L.M. Il croisa quatre ou cinq garnements qui remontaient de la cave où ils venaient de fumer un joint et, comme il put, jeta son drogué sur la banquette arrière de sa voiture en grommelant :

« Ah! vraiment, mon gaillard! Tu dessouleras dans la voiture ou tu crèveras mais tu ne m'empêcheras pas d'aller... là-bas. »

Il ne termina pas, tant il était essoufflé par l'effort, et démarra.

2.

Cette même nuit, à la même heure, comme chacun des dix-huit habitants de ce même village de Montfranc-le-Haut, Anne Briottet fut éveillée vers les trois heures du matin par un fracas épouvantable qui fit trembler le sol. Elle se signa, joignit les mains et fit rapidement, dans le noir, l'oraison qui s'imposait : *In manus tuas, Domine, commendo spiritum meum.* Entre tes mains, Seigneur, je remets mon âme ! Elle en était au signe de croix final, lorsqu'une voix, venant de l'autre côté du galandage, l'interpella : « Sœur !... Sœur ! »

Elle eut un doux sourire pour répondre : « De quoi don, mon Daudi [1] ?

– T'as entendu ?

– Oui, mon Daudi. Dors, va ! C'est encore une maison qui s'effondre ! On y est habitué, à Montfranc ! »

Un silence, puis : « Sœur ?... Sœur ?

– De quoi don, mon petiot ?

– C'était près, cette fois-ci. (Il disait, en patois, « C'te foé qui. »)

– Peut-être...

1. *Daudi :* Claude, en patois.

– Sûr! Faut aller voir, sœur, des fois que ce serait la Châgniotière qui viendrait à la vallée! »

Il y eut un bruit de literie. Anne se levait, mettait sa blouse sur sa grande chemise de nuit blanche et retrouvait son grand Daudi, en pan de chemise, le poil de ses grandes jambes à l'air, au beau milieu de la salle.

« Hébille-toé don, mon pour petiot, te vai te geler les fesses, dit-elle en ouvrant la porte. On n'est pas encore à Pâques, tu sais, le fond de l'air est frais.

– Oui, sœur! » répondit sagement l'innocent en enfilant son pantalon de velours.

Ainsi ils sortirent, prirent la ruelle et n'eurent pas à faire plus de dix pas sans buter sur des moellons qui avaient roulé presque jusque-là. Ils débouchèrent enfin sur un tas de gravats hérissé de chevrons brisés. Toute la population de Montfranc était là – sauf le Mage qui ne se dérangeait jamais en ces circonstances –, dix-sept personnes en tout, dans la nuit fraîche d'avril.

L'un d'eux avait apporté une lanterne d'écurie dont la lumière découpait les ombres et les projetait sur le mur de la grange, éboulé deux ans plus tôt au dégel de mars.

C'était bien la Châgniotière qui venait de baisser pied. Mais le mal était moindre que dans le rêve parisien de Louis. Seul l'angle extérieur du pigeonnier s'était effondré, écrasant, il est vrai, le bel auvent de la grange et l'écurie voisine, celle où, un demi-siècle plus tôt, le père Châgniot – l'arrière-grand-père – mettait comme il pouvait sa dernière jument.

Les gens, tous farouchement francmontois, regardaient les décombres en hochant la tête, résignés depuis longtemps à voir s'effondrer une à une toutes les bâtisses de leur bon dieu de village.

« Ça devait arriver. Depuis le temps que ça branle!

– C'est le dégel qu'a tout ramolli.

– Peuh! Y a pas grand mal. Ses propriétaires ne se souviennent même plus que ça leur appartient.

– Les Châgniot? Ça fait quarante-cinq ans qu'on ne les a plus revus. Depuis la mort de la vieille. Ça ne fera qu'une ruine de plus dans Montfranc qui sera bientôt comme ma dent gâtée.

– Le reste va tomber un de ces quatre matins, sûr. C'est le pigeonnier qui bloquait le pignon!

– Les enfants, dit une voix, il ne reste rien de mieux à faire qu'à déblayer le chemin pour qu'on puisse seulement passer.

– Demain, oui, demain on verra ça.

– Oui, vains dieux, demain, le soleil se lèvera encore! »

Puis, comme ils étaient venus, les processionnaires repartirent se coucher.

Seule Anne Briottet ne se remit pas au lit : elle aimait ce lent passage de la primaube. C'était le moment où le lait du jour faisait un petit liséré pâle au bord de la montagne du Thueyts, juste en face. Depuis la lucarne de son évier, elle le voyait s'élargir doucement et, très lentement, gagner tout le ciel. Elle n'allumait pas sa lampe car, les yeux s'accoutumant, elle finissait par y voir aussi bien qu'en plein jour.

Elle bouta le feu dans son âtre où elle avait préparé, la veille, une bourrée de charmille et une poignée de charbonnettes, et accrocha à la crémaillère une marmite d'eau – puis, assise de biais sur la pierre du foyer, se mit à dire son chapelet, les yeux dans le vague, hypnotisée par les flammes qui montaient dru dans la cheminée. Comme chaque matin, entre deux *Ave Maria*, elle disait : « Merci, Seigneur, pour le feu. »

Car elle aimait la flamme et plaignait les pauvres gens des villes dont on lui avait dit qu'ils ne voyaient plus jamais le feu et n'avaient qu'à tourner un bouton pour faire bouillir l'eau du café. Ils appelaient ça le Progrès.

Tout à coup, venant de la chambre de son pauvre Daudi, elle entendit un frottement de pieds nus sur les dalles. Elle se leva, mit l'œil à la fente de la porte et elle vit, dans la première lueur de l'aube, son grand diable de frère qui s'approchait, à pas de loup, de la cheminée où il avait mis, la veille au soir, ses sabots bien alignés. Il tenait à la main une petite charrette attelée d'un cheval de bois qui n'avait que trois pattes. Il la posa délicatement dans ses sabots et, furtivement, retourna se fourrer sous ses couvertures.

Anne savait que, chaque fois qu'un malheur se produisait dans sa vie ou dans le village, son pauvre innocent de frère, à quarante ans, se faisait plaisir en mettant lui-même un jouet de son enfance dans ses sabots, pour l'émerveillement de son âme.

Alors qu'elle revenait de traire les vaches, une heure plus tard, après qu'il eut consciencieusement ronflé au fond de son alcôve, elle l'entendit se lever, gagner la cheminée et pousser un cri de surprise :

« Sœur !... Sœur !

– Quoi don, mon Daudi ?

– Viens voir, sœur ! »

Elle accourait aussitôt, essuyant ses mains dans son tablier : « Gade ce qu'il m'a apporté le petit Jésus ! » et d'un geste de ses énormes mains,

il montrait la charrette en souriant aux anges.
« Gade ce qu'il m'a apporté! » répétait-il en bavant un peu.

Elle s'exclama avec un grand rire :

« Eh bien, j'espère qu'il t'a gâté, mon Daudi. Je pense que tu peux lui dire grand merci au petit Jésus!

– Oh! Voui! » disait le Daudi en roulant ses yeux d'enfant. « Oh! Voui qu'il m'a gâté! »

Pour lui, c'était Noël chaque fois qu'il le voulait, et son émerveillement était sincère et sans mélange. Et chaque fois Anne, la sœur aînée, qu'il appelait quelquefois Maman pensait : « Quelle chance il a, ce grand innocent. » (Elle disait « ingnocent » car, à Montfranc-le-Haut, on patoisait encore hardiment.) « Si seulement nous aussi nous pouvions tous encore avoir le privilège de mon pauvre estropié de jugement! »

Après avoir trait ses trois vaches, elle avait fait réchauffer une bonne gamellée de soupe mitonnée de la veille et en avait rempli deux petites soupières de près d'un litre chacune.

« T'es content, mon Daudi? demanda-t-elle à son frère.

– Oh! voui, dit-il en émiettant encore une livre de pain blanc dans son brouet et en y ajoutant un bol de lait frais.

– Alors, ça va te donner des forces pour piocher la chènevière?

– Oh! voui, sœur! »

Ils ne pensaient plus, ni l'un ni l'autre, à l'éboulement. Ils étaient habitués à vivre quotidiennement cette fatalité des anciens villages perchés où les choses, comme les gens, retournent tout doucement mais sans rémission en poussière. Ils ne pensaient plus qu'aux travaux de printemps qu'il allait falloir faire au plus tôt, l'année ayant été retardée par un hiver qui n'en finissait pas.

La collation terminée par un bon morceau de lard et un demi-fromage de quatre litres, Anne donna aux cochons, lâcha les poules et ouvrit la porte de l'étable : les trois vaches sortirent et prirent toutes seules, bien sagement, le chemin du pré. Ils empoignèrent alors les pioches pendues aux cimaises dans le bûcher et descendirent tous deux vers les chènevières.

Comme ils dévalaient la ruelle, ils croisèrent le sergent-major qui, lui, montait vers l'église. C'était un vieux célibataire mécréant, poilu comme blaireau, républicain en diable, violemment anticlérical qui, révolté de ne plus entendre sonner les cloches, avait pris, depuis la mort du dernier curé quinze ans plus tôt, l'initiative d'aller sonner lui-même les trois angélus.

« Alors, sergent-major! dit Anne, on va se pendre?

– Faut ben, si on veut que ça chante un peu dans la combe », répondit le sonneur. Puis avec un sourire sucré : « ... Mais ce serait plutôt à toi, Anne, gente machine à oraison, de branler les cloches. Ça prie, les cloches, tu sais! Ça prie mieux que vos curés! »

Puis, se reprenant subitement et d'une voix mauvaise : « Mais ouatte! Pas de danger! On passe sa journée à marmotter des prières. C'est tout ce qu'on sait faire!

– Faire sonner le bronze, c'est le travail d'un homme!

– Cause toujours!

– Mais fais bien attention de ne pas faire tomber le clocher en tirant trop fort sur la corde. L'église ne vaut pas mieux que la Châgniotière, à cette heure.

– Oh! que non, ma jolie! L'église, bordel de dieux, ça a la vie dure! »

Comme ils arrivaient à la chènevière et allaient se mettre à piocher le labour d'automne pour y semer des pois, les trois coups de la babillarde s'égrenèrent dans le matin.

« T'entends? Ça y est, dit le Daudi, le sergent-major, il est pendu. »

Anne posa la pioche, se tourna vers le soleil qui s'annonçait au-dessus de la montagne de Chaudenay et commença ses trois *Ave Maria.* Voyant que son innocent continuait de piocher, elle s'interrompit et, sévèrement: « Daudi! Alors? A quoi tu penses? »

Penaud, Daudi lâcha la pioche, se redressa, joignit comme il put ses grosses mains et, prenant un air cafard, accompagna la prière de sa sœur en faisant bron, bron, bron avec ses lèvres car il n'avait jamais pu apprendre la moindre prière par cœur. « Je sais l'air, mais pas les paroles! » disait-il finement, à croire que son idiotie n'était qu'une farce.

Maintenant, après l'alternancc dc trois coups de chacune des deux cloches, c'était le carillon des deux à la fois. Un tour de force du sergent-major qui avait trouvé le moyen, à lui seul, de branler simultanément la babillarde et le bourdon. Il en était tout fier et, pendu à ses cordes, serrait les dents et rageait: « Milliards de dieux! Ils vont m'entendre, tous, jusqu'à Arnay, jusqu'à Bligny, et même jusqu'à Autun ou Beaune, si ça se trouve! Bordel de bordel! »

Après l'oraison ancienne – *Angelus Domini nuntiavit Mariae, et concepit de spiritu sancto. Ave Maria..., Ecce ancilla Domini, fiat mihi secundum verbum tuum. Ave Maria...* – les deux piocheurs reprirent leurs outils et, pioche que tu pioches, ils brisèrent savamment les mottes déjà bien effritées par les grandes gelées de l'hiver.

Il faut dire que les gens de Montfranc ont toujours été, mâles autant que femelles, les meilleurs piocheurs de Bourgogne et probablement de toute la Gaule.

3.

C'est alors qu'au fond de la combe on entendit gronder un moteur automobile. Le fait était remarquable, voire inquiétant, une automobile ne montant jusqu'à Montfranc que pour les grandes nécessités.

« Sœur, t'entends ? dit l'innocent en effroi.

– J'entends », répondit Anne qui se redressa, mit sa main en visière, car elle avait le soleil levant dans l'œil, en disant : « Mais qui ça peut bien être ? »

C'était Louis Châgniot, dans sa D.S. qui arrivait avec ce lambeau d'homme tout dévoré de poison qui lui servait de fils.

Alors que la radio de bord hurlait que *les feuilles mortes se ramassent à la pelle,* il revoyait, avec émerveillement, ce paysage qui avait été celui de sa petite enfance, étonné de constater qu'il était en vérité aussi beau que dans sa mémoire d'enfant. Certes, la route en lacets montait maintenant dans les ronciers qui avaient été jadis des emblavures et des pâturages. Certains arbres où il avait grimpé étaient encore là, mais plus grands de quarante-cinq ans de pousse et pleins de gui, et le village pointait toujours sur sa roche le sommet ébréché des tours de son château et la pyramide basse de sa tour clochère, debout là depuis l'an 1132. Les maisons, accrochées au flanc sud de la montagne, devenaient maintenant invisibles, recouvertes qu'elles étaient de la chevelure grise des clématites, ou noire des lierres peuplés d'étourneaux.

Les toits étaient crevés, et le grand abreuvoir de pierre, par ses fentes, perdait son eau qui ravinait gaiement le chemin.

Plus il montait et plus Louis Châgniot avait le cœur serré. Ému par la beauté du site, par son abandon grandiose, il sentait aussi croître une sourde colère devant la lente et sûre destruction de toutes ces splendeurs entrevues à cinq ans et que, jusqu'alors, il croyait éternelles. Il aurait voulu s'arrêter pour caresser chaque tronc, chaque pierre, tremper les mains dans l'eau libre, cueillir et mâcher le cresson qui envahissait tout l'abreuvoir. Mais son pied enfonçait l'accélérateur à fond, tant il était angoissé de voir enfin ce qui restait de son rêve de la nuit.

Il fit le chemin par cœur alors que Tino Rossi, qui avait pourtant une voix fluette, tonitruait. Aussitôt passé la porte du village jadis fortifié, il tourna machinalement à gauche, prit la ruelle des Beursaudes, fit avec peine, en raison des ronces, le demi-tour de la cour des Queusses et tomba net devant le désastre. La maison Châgniot, bien plus petite en vérité que dans son souvenir, était encore debout et il en éprouva une grande joie. Mais il eut un gémissement en voyant que le pigeonnier était à bas; un pan encore accroché au bâtiment risquait d'entraîner bientôt le pignon ouest de la maison. D'ailleurs une lézarde s'y préparait déjà au droit de la fenêtre à meneaux. Il gémit encore : « J'arrive à pic ! » puis, se retournant, il héla son fils : « Loulou ! Regarde, Loulou ! la voilà “ notre ” maison !... Mais regarde, nom de Dieu... regarde ! »

La radio de bord lançait alors, pour rien et à grand fracas, le grand air des trompettes d'*Aïda*. Loulou, affalé sur la banquette arrière, venait de se soulever mollement sur un coude. Son œil globuleux, l'iris dilaté, se mit à trembloter comme la flamme d'un quinquet entre deux portes puis il se stabilisa lentement et parut fixer un point précis de la masure. Il eut comme un sourire mou alors que de grosses larmes coulaient sur ses joues, puis son coude glissa et s'affala à nouveau sur la matière plastique imitation peau de porc qui recouvrait le siège. Son père haussa les épaules, remonta la couverture et, le regardant en ricanant :

« Non, non, ta cinglée de mère a raison : on n'est plus au Moyen Age! Ça saute aux yeux!... » Et, probablement en s'adressant à la société qu'il venait de quitter le matin même, il ajouta : « Bande de cons! » et il envoya un énorme juron qui claqua sur la façade de la Châgniotière, un de ces jurons bien de chez lui, bien dodus, qui remontaient à la surface de sa mémoire pour éclater sans vergogne au jeune soleil de mars. Il entendit l'écho qui lui répondait sans sourciller et se mit à regréer, par la pensée, ce sanctuaire familial qui, après quarante-cinq ans d'oubli, lui devenait tout à coup indispensable et primordial.

De l'épaule, il poussa la porte qui céda et il retrouva la salle commune avec la grande cheminée de pierre, l'escalier, l'évier, la lucarne et même le lit des vieux dont les rideaux du baldaquin, tout de travers, se doublaient d'un large drapé de toiles d'araignée. Le sol était jonché de crottes de loirs, d'épaisse poussière et de toutes sortes de gravats. Il allait tâter le lit lorsque quelqu'un qui était entré sans bruit l'interpella. « Qu'est-ce que vous faites là, vous? »

Il se retourna et reconnut sans peine ce grand jeune homme de jadis qui, quarante-cinq ans plus tôt, lui taillait des sifflets dans des branches de lilas et des trompes en écorce de frêne. On l'appelait déjà à cette époque le « Mage », ou bien « Balthazar », ou encore le « Regôgnoux » parce que, depuis sa prime jeunesse, il prétendait remettre, par faveur spéciale, les os déboîtés et guérir des piqûres de frelons et même d'autres maladies comme « la rauche » qu'on appelait aussi « le croup » : la terrible diphtérie. C'était le dernier descendant de la grande maison Bichot et son nom de baptême était Julien.

« Vous vous croyez chez vous, hein? continuait l'homme.

– Je suis chez moi, en effet! » répondit Louis Châgniot qui, en souriant, tendit la main en disant : « Bonjour Balthazar! »

L'autre, surpris, dévisagea le Parisien, prit un temps et alors que son œil pétillait : « Tudieu, dit-il, si je croyais aux revenants, je penserais volontiers que voilà le père Antoine Châgniot tout retrouvé!

– Je suis son petit-fils : Louis.

– Nom de Dieu, le p'tit Louis! » fit le vieux en repoussant sa casquette d'un revers d'index et découvrant ainsi un crâne nu et blanc comme un œuf de cane, entouré d'une belle mousse de cheveux gris. Il se reprit et l'œil toujours pétillant, bien caché sous la broussaille tombante de ses sourcils : « Mais si tu l'as reconnu, garçon, c'est que le Balthazar n'aurait pas tellement changé? » dit-il et, sans attendre la réponse, il fit un signe discret du doigt en disant à voix basse : « Viens donc un peu par là! »

Ils traversèrent la petite place où coulait toujours

la fontaine dans son auge de pierre bancale et entrèrent dans le Tribunal. C'est ainsi qu'on nommait la maison des Bichot pendant la Révolution : on avait prévu d'y installer le tribunal révolutionnaire mais on n'y avait jamais jugé personne, faute de coupables. Elle portait d'ailleurs, au-dessus d'une belle porte Renaissance, une chevrette sculptée, dans un joli bas-relief guirlandé de fleurs et de fruits, surmontant une date dont on n'aurait su dire si c'était 1596 ou 1626. Une belle maison qui, elle aussi, avait souffert des ans, sans y prendre garde.

Ils furent dans la grande salle. Le pilier central était toujours là, ouvrant le parapluie d'une voûte octopartite qui retombait sur des corbeaux engagés dans le mur et sculptés d'écus dont le maître de céans refusait de donner la signification car elle était ésotérique et réservée aux seuls initiés, qui sont très rares, comme chacun sait.

Là-dessous, c'était un très beau capharnaüm où l'on distinguait quand même trois lits, une longue table, deux bahuts d'où s'envolèrent six poules, le tout recouvert de crottes de gélines, de vieux torchons sales, d'une trompe de chasse, de quatre fusils, et d'un panier où méditaient deux jeunes lapins.

« Figure-toi, Balthazar, que cette nuit même j'ai rêvé que notre maison s'effondrait, alors je n'ai fait ni une ni deux : je suis venu ! »

Balthazar, d'un revers de coude, fit une place sur l'énorme table, sortit deux verres et déboucha la bouteille.

« Non, non, pas de vin ! dit Louis Châgniot.

– C'est pas du vin !

– Qu'est-ce que c'est ?

– Goûte. »

C'était un liquide ambré, fort semblable à un vin de paille.

« C'est l'esprit de la butte de Montfranc, l'esprit du monde, l'intrait du Cosmos, l'extrait de la Vouivre, l'essence de la combe de Saint-Julien! Goûte! » insistait le Mage en distillant ses paroles.

C'était de l'hydromel.

Au troisième verre, le Louis Châgniot était plein de ,joie et de chansons. Il riait de tout. C'est à ce moment que le Mage lui dit : « Mais qu'est-ce que c'est donc que ce tintamarre qu'on entend depuis que t'es arrivé dans le village?

– Bon Dieu! Mon autoradio ! fit l'autre en bondissant.

– Ton quoi? Répète voir un peu... »

Louis avait bondi et courait déjà sur la place. Avec une agilité incroyable, Balthazar le suivait. Ils arrivèrent près de la voiture alors que celui-ci s'exclamait : « Si tu n'es pas capable de faire mieux que mon silence, alors rends-moi mon silence! » Pendant que Louis restituait à Montfranc-le-Haut la luxueuse splendeur de son silence originel, le Mage regardait Loulou qui, avec des gestes de noyé, tentait de faire surface. « Mais?... Mais? faisait le Mage, mais qu'est-ce que c'est donc que cette panouille?... C'est pas un chrétien, ça!

– Mon fils! présenta Louis.

– Ça?... ton fils? Mais il est malade, ton gars, mon garçon, malade à crever, à ce que je vois. »

Il prenait la main du cadavre, la triturait en connaisseur, lui soulevait les paupières, lui mirait les yeux, devant Louis, gêné.

« Tu sais ce qu'il a, ton gars, p'tit Louis?

– Oui.

– Bon, alors, si tu le sais, c'est que t'es aussi bête que lui! » Puis lentement, d'une voix perchée : « On m'avait bien dit que les jeunes, à Paris, étaient fin perdus mais je n'aurais pas cru! Non, je n'aurais pas cru qu'un Châgniot sorti de Montfranc-le-Haut serait tombé si bas.

– Personne n'en est exempt! murmura Louis Châgniot.

– Mais si, mon garçon, tout le monde peut en être exempt : il suffit de réagir à temps. Réactionnaire qu'il faut être, en permanence. D'abord, où est donc ta femme?

– Euh... elle est allée faire du ski de printemps dans les Alpes et...

– Du ski de printemps! Je t'vas neyer [1]! Pourquoi elle est allée faire du ski de printemps? Dis-moi voir un peu...

– Elle tient à se libérer... de temps en temps... vivre sa vie personnelle... s'épanouir... C'est bien normal, de notre temps. »

Le Mage répéta : « S'épanouir... de notre temps... », puis resta interdit, le temps d'avaler une goulée de salive et, l'œil plissé, il dit en regardant le Parisien comme une roue regarde un pavé : « Je parie qu'elle " travaille ", comme vous dites?

– Oui, bien sûr... ça fait vingt ans, dans la même boîte... elle a une jolie situation... »

Le Mage se gratta la tête : « ... Et je parie, dit-il, qu'elle fout le camp de la maison sur les huit heures du matin?

– Six heures et demie; son bureau est à l'autre bout de Paris. Il lui faut bien deux heures quarante-cinq pour s'y rendre : le métro, changer à Châtelet, descendre à gare du Nord, prendre le train – ou l'autobus – pour Drancy... »

Le Mage hochait la tête en poussant, à voix couverte, des « Ouais, ouais » narquois.

1. *Je t'vas neyer* : Je vais te noyer (en argot : « Je vais t'en fiche »).

« ... Elle a pris longtemps sa voiture, mais elle mettait encore plus longtemps. Et il y avait le problème du parking.

– Du quoi? coupa le Mage.

– Du parking. »

Le vieux eut l'air de découvrir l'Amérique.

« C'est pas un mot français, ça? dit-il d'une voix perchée.

– Je veux dire : un garage pour sa voiture.

– Si tu veux le dire, dis-le et dis-le en français. On ne comprend que ça à Montfranc-le-Haut! »

Un court silence puis : « Et je parie, continua-t-il, qu'elle ne revient pas manger à la maison le midi?

– Personne n'y revient. Pas le temps. Elle mange au restaurant d'entreprise...

– A la cantine régimentaire, quoi?...

– ... Moi, j'ai un petit restaurant à dix minutes de mon bureau car je ne peux plus fréquenter ma cantine.

– C'est pas mangeable, je parie?

– ... Les enfants mangent au restaurant universitaire.

– La cantine régimentaire aussi! Le régime caserne pour tous si je comprends bien!

– C'est bien pratique! » affirma Louis Châgniot, sans doute pour se donner bonne conscience.

« ... Et je parie qu'elle rentre le soir à point d'heure?

– A huit heures. Le même trajet qu'à l'aller, bien sûr.

– Et je parie que les gosses, quand ils étaient petiots, étaient déjà couchés?

– Bien sûr. Tout jeunes, ils ont su se débrouiller. Tu penses! Maintenant ils sont grands : dix-huit et vingt ans. Ils vivent leur vie... » Le Mage qui regardait Loulou en hochant la tête répéta : « Ils vivent leur vie. Pour sûr! Je vois ça! »

Puis il se redressa et d'une voix de tonnerre : « Bon! Eh bien tu veux que je te dise? : tu n'as pas de femme! Et tes petiots n'ont pas eu de mère... Et si ça se trouve, ils n'ont pas de père non plus! Ne cherche pas, p'tit Louis, c'est pour ça qu'il est pourri, ton gars. Vous êtes tous pourris! C'est tout, ne cherche pas plus loin... Et je voudrais voir ta p'tiote! Ça doit être du frais!

– Balthazar, tu ne connais pas la vie moderne. Tu ne peux pas juger! Tu parles comme un vieux fou...

– Quoi, la vie moderne? En quoi elle est différente de la vie ancienne? Elle ne l'a pas trouvé dans un chou, son petiot? Elle l'a bien fait! Et avec toi, j'espère! Elle a bien trouvé le coup de rein pour le faire? Il n'est pas moderne le coup de rein, il est vieux et sacré comme le monde! Et c'est pas tout de donner le coup de rein au bon moment! Reste à l'élever, le p'tiot, à le bichonner, à le protéger, à le garder, à le défendre, comme une merlette défend ses petiots : heure par heure, minute par minute, à le couver, en se rechangeant sur le nid, le mâle et la femelle, à la différence que, pour les petits d'hommes, ça dure vingt ans, ce *travail* de la mère!

– Ça n'a aucun rapport. Tu mélanges tout. Tu déraisonnes, Balthazar!

– Je déraisonne? Bon, je déraisonne. Mais vous allez vous installer chez moi et c'est moi qui vous nourrirai. Vous vous empoisonnez dans vos salons particuliers à deux mille couverts! Ils vous empoisonnent, vos beaux messieurs... Je vais bien te le guérir, moi, ton pauvre pourri.

– Le guérir? » ricana Louis Châgniot.

Balthazar rudoya tendrement Loulou : « Allez,

debout, pangniâs[1]! Viens un peu par là qu'on te secoue! » puis, au père : « On va le récurer, ton gaillard!... Debout, jeune homme, debout! »

Loulou faisait un effort prodigieux pour sortir de la voiture. On le voyait se déplier lentement, se redresser, tituber un peu puis avancer, soutenu par son père.

« Lâche-le, vains dieux, lâche-le, p'tit Louis! Il peut marcher, ce grand Quichotte. »

Puis à Loulou : « Allez, chrétien, lève-toi et marche! »

Ils arrivèrent ainsi dans la grande salle du Tribunal. On installa le gaillard dans un fauteuil crevé, à la place d'une cage à poule qui s'y trouvait posée : en la soulevant, le Mage fit la grimace de ceux qui ne tarderont pas à avoir des ennuis avec leur nerf sciatique.

Il dit : « Voilà ce qu'il en coûte de n'avoir pas encore trouvé femme, je veux dire : une vraie femme. C'est le désordre partout. Il manque une dame, ici.

– Tu ne t'es jamais marié? demanda p'tit Louis.

– Pas encore », répondit le vieux, qui ne paraissait pas ses soixante ans, « pas encore, mais je fréquente.

– Diable?

– Oui, ça fait quarante ans que je fréquente.

– Elle est mariée à un autre?

– Diable, mon coco. Elle est vierge comme un lys. » Puis se rapprochant, à voix basse : « Tu t'en souviens : c'est l'Anne Briottet. Tu sais? celle qui t'a torché quand tu étais petit, elle avait pour lors dans les dix-huit ans. Tes aïeux étaient porte à porte avec les siens. »

1. *Pangniâs :* déguenillé, sans tenue.

Le Parisien revit cette très belle fille aux bras dodus, aux cheveux châtain roux divisés en deux bandeaux qui lui faisaient comme une coiffe brillante et parfumée.

« Et alors, elle se refuse ? » dit le Parisien, qui reprenait, avec l'accent, les tournures bien françaises du vieux parler bourguignon.

« Non. Elle attend d'être libre. Parce qu'il faut que je te dise : quelque temps après que tu as quitté le village, ses parents lui ont donné un petit frère : le Daudi. Et le pauvre malheureux est né innocent. Estropié de jugement, si tu préfères... Il a maintenant quarante ans, le pauvre petiot.

– Et alors ?

– On se regardait depuis longtemps. Je voyais bien briller ses yeux quand on se rencontrait et deux fois, elle m'a pris la main à la sauvette. J'ai fait ma demande, officiellement. Elle a répondu : " Non, franchement Julien, non. J'ai mon pauvre innocent à garder jusqu'à sa mort. Je ne veux pas t'imposer ça. Surtout que je craindrais pour nos enfants qu'ils soient comme lui. "

« Je lui ai dit : " Mais ton Daudi est comme ça parce que votre mère a eu une rougeole rentrée à trois mois de grossesse (ils appellent ça une rubéole, maintenant), c'est pas une tare du sang, c'est un ' accident '. Et puis je le supporterai comme un frère, ton Daudi !... " J'ai eu beau dire, c'était non, non et non. Je sentais bien pourtant que... qu'elle n'était pas contre. Bref, revenons à ton gars. »

4.

Le Mage se dirigea vers une porte basse, fit signe au Parisien en lui disant : « Viens don par là. » Il ouvrit la porte, prit l'escalier en colimaçon. Louis Châgniot le suivait. Ils montèrent ainsi, en tournant, et débouchèrent dans le grenier. Aussitôt que la porte en fut ouverte, le p'tit Louis entendit un puissant bourdonnement. C'était comme le bourdon des grandes orgues de Saint-Bénigne, un souffle sourd et régulier, qui, avec une puissante odeur de cire, le prenait à la tête et lui donnait comme un vertige.

Le grenier, immense et haut quasiment comme la salle de l'hôtel-Dieu de Beaune, était, contrairement à la grande salle voûtée du Tribunal, d'une propreté méticuleuse et dans un ordre parfait; de grandes caisses presque cubiques étaient alignées là. Il y en avait peut-être deux cents : dix rangées de vingt séparées par de petites allées bien droites et toujours, par-dessus tout, ce ronflement étrange qui semblait venir du splendide poutrage de chêne couronnant cette merveilleuse demeure. Au fur et à mesure que les yeux s'habituaient à la pénombre, on comprenait que ces caisses alignées étaient des ruches. Le Parisien ne put retenir comme un cri :

« Un rucher!

– C'est mes mouches expérimentales », dit le Mage avec une lueur dans les yeux.

Très impressionné, surtout par ce bourdonnement que l'on aurait dit cosmique et par cet étonnant chassé-croisé des abeilles qui entraient et sortaient par les trous de vol aménagés dans la toiture, p'tit Louis s'approchait des ruches comme il l'aurait fait près du saint sacrement et il s'aperçut alors que la paroi postérieure des ruches était en verre. Il allait s'en étonner lorsque le Mage lui dit, en confidence, presque honteux : « Oui, j'y ai mis du verre!... C'est pour les regarder vivre! »

Il se baissa et invita Louis à en faire autant.

« Regarde! Regarde-les! » dit-il avec une passion dont on ne l'aurait pas cru capable.

Petit à petit, ses yeux s'accoutumant, le Parisien vit ce prodigieux et incessant remue-ménage que font toutes ces ouvrières, opiniâtrement, aveuglément, se bousculant dans les couloirs qu'elles avaient aménagés entre les rayons :

« Regarde!... Tu les vois? Comme les pauvres Parisiens dans le métro! Pauvres bêtes qui courent, courent toute la journée, toute la nuit... car je viens les observer la nuit aussi pendant des heures. Toujours toutes à la queue leu leu, victimes d'une spécialisation absolue et sacrifiées, toutes, à la productivité et à l'efficacité du monstre État – Saluez! – de leur naissance à leur mort... Et là-dedans, parmi ces dix mille sujets de chacun de ces " États " (il montrait l'ensemble du rucher), rien qu'une qui a droit à l'amour! la reine – les autres, les ouvrières, au turf, mes enfants, au turf! à la production! Toutes! Vite! Nuit et jour!... d'ailleurs pense qu'une seule, la reine, a les organes de l'amour! Les autres? Nib! Rien! Condamnées à la production exclusivement ! Les joies de l'amour ? Tintin ! Pas la peine ! Temps perdu ! Énergie perdue ! Une seule suffira : la reine (je te la montrerai un jour). C'est un sexe ambulant – un sexe – rien qu'un sexe. Elle n'a même pas les organes pour se nourrir. Ce sont les ouvrières qui l'empiffrent. Les mâles aussi : on les fabrique à la demande, en temps voulu, exclusivement pour la fécondation de la seule reine. Ils sont incapables de se sustenter et de travailler. Ce sont les ouvrières qui les alimentent. Ce qui facilite les choses pour les supprimer lorsqu'ils ont rempli la Mère unique. Bouches inutiles. On se contente de ne plus les alimenter : Ils crèvent de faim. Amen ! Pour le bien de l'État. Saluez ! » Le Mage hochait la tête, en fixant fiévreusement les allées et venues mystérieuses de ces bagnardes. Au bout d'un instant, il s'écria d'une voix terrible, comme un procureur indigné :

« Messieurs, nous avons là sous les yeux une société qui a été entièrement pervertie au communisme intégral, au collectivisme total, parfait, à l'étatisme systématique, et sacrifiée, sur l'autel du productivisme, au dieu État... ! Saluez !... »

On ne savait trop si le Mage ricanait, sanglotait ou étouffait de colère.

Puis il eut un long silence et, sans cesser d'observer cet invraisemblable et inquiétant mouvement qui circulait dans ces corridors rigoureux ménagés entre les opercules, il continua :

« Regarde-les... Regarde ces ilotes urbains dans les couloirs du métro ! Regarde-les tes Parisiens châtrés de demain, tes esclaves ! Ici, dans cette ruche, ce ne sont plus dix mille abeilles, c'est une matière bien moulée, bien conditionnée qui fonctionne. Plus d'individus : une collectivité. Regarde : ta femme est là, déchargée de ses devoirs de maternité, tout entière vouée au service de la collectivité. Saluez! Quant à toi!... Eh bien, toi, mon garçon, tu n'es plus là. Tu peux chercher : tu ne verras pas un mâle. Pas un mâle, je te dis. Les messieurs vont être pondus en temps voulu, selon le programme, dans des alvéoles spéciaux, nourris d'une nourriture spéciale, pour faire des reproducteurs de choix jusqu'au moment du vol nuptial; et en avant pour la grande remonte. Un seul mâle – celui qui vole le plus haut – aura cet honneur de baiser la reine, de la baiser à mort. Après quoi, la seule reine étant gavée de sa semence, ils vont tous tomber d'inanition et leur cadavre desséché sera évacué par les nettoyeuses de service! pour le plus grand bien de l'État, de Sa Majesté la Communauté. Saluez! »

Chaque fois qu'il prononçait le mot État, le Mage se mettait debout, faisait un salut militaire grotesque. Puis, levant l'index droit, il dit d'une voix de prédicateur : « Voilà ce que vous allez devenir, messieurs, si vous vous laissez manipuler par les collectivistes, les théoriciens, les savants... Bientôt on vous fabriquera des hommes dans des flacons, sur commande, spécialisés dans l'œuf et dûment conditionnés dès l'enfance... Déjà on retire à vos femmes leur rôle maternel, déjà on les contraint à des travaux cycliques et asexués, déjà on limite votre travail à un ou deux gestes, toujours les mêmes; déjà on vous abrutit par la drogue, la politique et la spécialisation pour que vous soyez mûrs et fin prêts pour la banalisation. »

Louis Châgniot, excédé, put enfin placer, en riant d'un air supérieur : « Pourtant, Balthazar, tu les soignes, tu les utilises ces pitoyables esclaves car je suppose que tu récoltes leur miel et que tu en vis, en quelque sorte?

– Diable oui! dit l'autre en ricanant, j'en vis! Leur

miel est même quasiment ma seule monnaie d'échange et je n'en veux pas d'autre. Avec mon miel, je me procure tout ce qui me manque et à l'insu de l'État! Saluez! Le troc! Oui, le troc! Voilà l'espoir du monde! Plus de monnaie, plus de marchandise tierce, plus d'opération bancaire, tout ce saint-frusquin qui sont les moyens étatiques de contrôler et d'opprimer les hommes... »

Petit Louis pensa : « C'est son hydromel qui lui monte à la tête! »

Le Mage avait quitté ce ton pamphlétaire et continuait d'une voix plus douce sur le ton d'une précieuse confidence : « ... Mais aussi, et surtout, je les entretiens ici pour les étudier, et percer les secrets du processus de leur perversion, et me gausser tout en pensant que l'humanité va connaître semblable mésaventure. Je les regarde au microscope, je les suis, je les écoute. »

Il se reprit tout à coup, parut sortir d'un rêve et s'écria d'une voix redevenue bonhomme et dans son style très particulier : « Mais je n'étais pas venu ici pour te faire l'exposé des principes de base qui régissent Montfranc-le-Haut, notre univers, perché sur son mont au milieu des bois, au-dessus, très au-dessus de votre société d'insectes processionnaires... Vains dieux, qu'est-ce que j'étais venu faire ici, moi?

– ... Mon fils!... Tu te proposais de soigner mon fils! suggéra Louis.

– Ah! oui! J'y suis... »

Il se dirigea vers un réduit où brillaient des instruments de verre et de métal, en ressortit avec un coffret qu'il portait, grave comme prêtre en messe, redescendit dans la grande salle du Tribunal, puis, montrant les deux très belles fenêtres à meneaux : « Mes mouches me servent aussi à des tas de choses : vois ces fenêtres. Les vitres sont remplacées par du papier huilé et collé au châssis avec... avec quoi, je te le demande?... avec la propolis, cette sacrée vains dieux de colle plastique avec laquelle les abeilles colmatent hermétiquement toutes les fentes, toutes les ouvertures intempestives de leur ruche, et collent solidement tout ce qu'elles veulent fixer à jamais! Elles fabriquent la propolis en recueillant, au moyen de leur petite truelle buccale, la gomme qui exsude des bourgeons à feuilles des peupliers... C'est le meilleur isolant du monde, garçon! »

En parlant, il ouvrait le coffret, en tirait des sortes de pots à confitures. Ils étaient remplis d'une matière jaune, plus pâle, plus pâteuse et d'aspect plus écœurant que le miel. On aurait dit de la sanie. Il en ouvrait un.

« C'est de la gelée royale, dit-il, cette pâte avec laquelle elles nourrissent la seule larve dont elles veulent faire une reine, en partant d'un œuf comme les dix mille autres, qui donnera une larve comme les dix mille autres mais elle sera pondue dans un alvéole quatre fois plus gros que les autres et, surtout, elle sera nourrie avec ce produit exceptionnel que je suis en train d'étudier à ma façon et dont les cellules semblent avoir la même structure hexagonale que certains pollens majeurs et que leurs alvéoles de cire. »

Ce n'était plus le paysan madré. Il avait vraiment l'air de faire un cours. Il sourit, comme illuminé, pour ajouter, en grand mystère : « ... Les abeilles ont, semble-t-il, une vision hexagonale du monde! D'ailleurs l'hexagone est, mécaniquement, de tous les polygones réguliers, la seule figure qui s'assemble parfaitement et pour former les ensembles parfaits les plus résistants.

– Et le carré? coupa p'tit Louis, les carrés s'assemblent parfaitement! »

Comme un sanglier blessé, Balthazar se rassembla en un tas et fonça droit sur le foutu contradicteur : « Mossieur l'Ingénieur, un assemblage de carrés n'a aucune résistance à la poussée diagonale, vous devriez le savoir. L'assemblage d'hexagones est au contraire indéformable! Quant aux autres polygones, allez donc les assembler, mossieur l'Ingénieur. »

Petit Louis Châgniot ne manqua pas de convenir avec lui-même que ce rustre qu'il avait retrouvé deux heures plus tôt dans ces ruines envahies de ronces et d'orties, vêtu d'une veste de velours râpé, s'était curieusement transformé. Même sa voix s'était diablement modifiée. Il se souvint que quarante ans plus tôt, ce même homme, alors jeune, lui faisait, avec de simples baguettes de coudrier, des moulins complexes qui tournaient en ronflant aussitôt qu'on en mettait les pales au contact du plus mince filet d'eau. Il l'avait même vu, pour partager un champ, construire un angle droit avec une simple corde à treize nœuds – sans même savoir, ô horror, que cet angle droit faisait 90°. Savait-il même ce qu'était un degré? Il lui revint aussi que tout le village disait qu'il était allé aux Écoles. Comme alors, il ne put s'empêcher de l'admirer en dépit, ou peut-être à cause, de cette sorte d'émotion étrange faite de curiosité et d'étonnement qu'il ressentait en l'approchant.

L'autre continuait, en reprenant son langage campagnard : « C'est pas tout ça, il faut regôgner ce foutu gaillard-là! Je vas te lui flanquer une bonne dose de gelée royale pour commencer. Avale ça, pangniâs! »

Il avait pris une cuiller, l'avait essuyée préalablement sur sa culotte de velours croûtée de boue, et la présenta à Loulou pleine de gelée royale.

« Avale ça, que je te dis! Ça guérit tout, ça! » et il ajouta : « ... En attendant mieux! », car il lui était venu une idée.

L'autre obéit, machinalement, incapable d'un refus, mou comme une chique. Le Mage le regardait, hochant la tête et marmonnant : « Si c'est possible! On m'avait bien dit que les jeunes des villes étaient complètement berdins [1], mais non, j'aurais jamais cru qu'ils l'étaient au point de se fourrer ces denrées-là dans la viande pour se mettre dans des états pareils! Mais, marche, je vas ben le traiter à ma façon! Tu la vomiras, ta drogue, garçon, tu la sueras par toute la surface de ton corps! »

Comme tout le monde dans le pays, il prononçait « de ton caûr ». Et, chose curieuse, Louis Châgniot l'écoutait avec confiance et espoir.

C'est à ce moment que l'on entendit un coup de fusil, bien sec, vers le nord. Le Mage s'arrêta, sourit du coin des lèvres et dit : « Tiens! Voilà le Treubeudeu qui nous achète notre rôti de Pâques! On aura un sanglier sur la table, garçon!

– Un sanglier? dit Louis Châgniot, mais je croyais que la chasse était fermée?

– Ailleurs, elle l'est, oui. Mais pas ici. »

Il leva la main droite comme pour dire : « Je le jure », et proclama :

« C'est en l'an 1147 que Montfranc, comme son nom l'indique, a reçu des mains de son foutu seigneur sa charte d'affranchissement, garçon! et, de ce fait, ses habitants échappent à toutes les contraintes, les servitudes des régimes postérieurs

1. *Berdin* : faible d'esprit, fou, avec une nuance d'excitation.

quels qu'ils soient et, surtout, à la tyrannie de la République. Saluez! »

Il ajouta, la bouche méprisante : « ... sauf, hélas, aux taxes foncières, qui sont, grâce à Dieu, ou bien au diable, assez réduites, déclassées qu'elles sont, nos terres, pour être en grande partie retournées à la friche et aux épines! La noire, la blanche et la roncière.

– ... Mais le braconnage? continuait le Parisien, les gendarmes?

– Les gendarmes? Les pauvres, ils sont tous à faire les constats d'accidents là-bas, sur la route du ski de printemps, tes gendarmes. Il y a sept ans qu'on n'en a pas vu la queue d'un à Montfranc. Même quand les voleurs de bestiaux sont venus essayer de nous prendre les dix-huit châtrons du Treubeudeu. Qu'on a été obligé de les dehorer [1] avec nos fusils de chasse! »

Le drogué s'était réveillé. Il ouvrait ses grands yeux chagrins et, les bras tombants, la barbe et les cheveux pendant comme des oreilles de beagles de chaque côté de ses joues hâves, la poitrine creuse et l'air las, il ressemblait tout à fait à un intellectuel de gauche, porteur d'un lourd et mystérieux message, tellement lourd et tellement précieux qu'il en était accablé. Pourtant son regard s'anima, il se leva et je crois bien qu'il eut même une lueur de sourire. Il fit deux grandes inspirations et, petit à petit, prit figure d'homme. Le Mage le regardait non sans s'étonner :

« Mais... mais..., dit-il, mais c'est qu'il est beau quand il veut, notre petit bonhomme! Ça va mieux, on dirait, garçon? »

Le jeune homme fit « ouais! » puis, plus civilisé : « Oui, ça va très bien, je vous remercie.

1. *Dehorer, dihorer* : mettre dehors, mettre à la porte.

– Ce serait la gelée royale qui commencerait à faire son effet ? dit le vieux en riant. Alors on va en profiter pour aller faire un petit tour. Ça vous plairait peut-être de revoir vos propriétés et de respirer l'air de nos hauteurs. Et puis l'air de la Chaume va finir de te nettoyer le soufflet, mon petit gars. »

Ils partirent. Le Mage, en marchant, demandait : « Qu'est-ce qu'il apprend comme métier, ce jeune homme poilu ?

– Il fait sa licence de sociologie. Il termine l'année prochaine.

– Sa licence de sociologie ! » s'étonna le Mage puis, après quelques pas de réflexion, il lança une de ces questions affirmatives dont les Eduens ont le secret : « De la graine de chômeur, que c'est, je parie ? »

On venait de sortir des ruines du village par la porte nord ; par-dessus les murets de pierre sèche qui bordaient jadis les jardins, relançaient des touffes de broussailles qui étouffaient les anciens fruitiers, chenus de lichen. « Voilà vos jardins... et puis voilà vos pruniers », dit le Vieux en leur désignant un enclos un peu plus épineux que les autres. « Voilà votre vigne ! » dit-il plus loin devant un très beau hallier d'aubépines et d'acacias complètement enveloppé, sur une dizaine d'ares, par une treille folle qui, glorieusement, s'élançait outre mur sur les taillis voisins, de branche en branche.

Tout à coup, Balthazar tomba en arrêt devant un noisetier en pleines fleurs, s'en approcha et se mit à regarder attentivement les abeilles qui visitaient un à un les chatons.

« Venez voir ! dit-il en mystère aux deux Parisiens qui s'approchaient. Regardez-les, mes bestioles : les voilà en train de ramasser le pollen.

– Elles le mangent? demanda le drogué qui se dessillait.

– Vains dieux, non! Elles le ramassent et vont le serrer dans leurs réserves en partie pour en faire de la gelée royale, en partie pour alimenter les nourrissons aussitôt qu'ils seront éclos, juste pour qu'ils soient prêts à voler pour le début de la grande miellée, quand toutes les fleurs seront sorties!

– C'est programmé? dit le jeune homme qui reprenait quelque verve et son vocabulaire informatique.

– Vains dieux, oui, tu peux le dire : c'est programmé au dixième de seconde! Et leur K.G.B. ne plaisante pas. »

Balthazar avançait son gros doigt crasseux vers une des abeilles déjà alourdie de sa récolte en disant : « Viens, ma petite, viens! Viens leur montrer à ces deux sauvages comment tu exécutes "le programme" officiel du parti!

– Elle va vous piquer », dit Louis.

Le vieux passa outre, avança le doigt que l'abeille sembla flairer, puis l'insecte s'engagea carrément sur la première phalange, s'arrêta et parut regarder dans les yeux l'homme qui lui disait d'une voix doucement narquoise :

« Oui, ma toute belle, oui, ma jolie, c'est moi Balthazar, celui qui profite cyniquement de votre monde programmé. Montre-leur, aux sauvages, comment tu le fagotes, ton pollen, comment tu l'emballes pour l'emporter dans ton univers hexagonal et programmé. Voyez ces boules jaunes qu'elle a accrochées à ses cuissettes. On dirait du cérumen. C'est le pollen, le pollen de noisetier, le premier de la saison, sinon le meilleur. C'est celui-là que je regarde au microscope. Voyez, il est retenu sur la surface interne des cuisses par des petits crochets dentelés, invisibles pour vous – et elle arrive à en transporter, comme ça, un poids qui, ma foi, correspondrait pour nous à un fardeau de cinquante ou soixante kilos! Et avec ça, elle fait ses deux ou trois kilomètres de vol pour rejoindre la maison commune! »

Comme chaque fois qu'il parlait de ses abeilles, Julien Bichot, le Mage Balthazar, n'avait plus même regard ni même voix. On aurait dit qu'il parlait de la Sainte Vierge aux Anges et ses mots n'étaient plus les mêmes.

Très curieusement, Loulou Châgniot s'était mis à regarder intensément l'abeille et posait des questions. Elle prit son vol depuis son perchoir inattendu et, alourdie de son pollen, eut l'air de tomber mais au prix d'un incroyable effort, elle arriva à s'élever jusqu'à deux mètres du sol et partit droit devant, non vers le village mais vers l'est.

« C'en est une d'un autre rucher que j'ai caché dans les murées qui regardent le levant! » dit Balthazar. Il eut un rire de malice : « Je les cache dans mon grenier et au plus profond des ronciers parce que, figurez-vous, l'État (saluez!) s'est mis dans la tête de nous obliger à les lui déclarer. Oui, l'État veut savoir tout ça pour des raisons d'hygiène, qu'il dit, en réalité, pour nous taxer, camarade. »

Il hocha longuement la tête puis conclut sa méditation par cette phrase : « L'État? L'ennemi public numéro un! »

Dès lors, Loulou Châgniot marcha à ses côtés et ne cessa de le questionner, comme subitement libéré de ses cauchemars délétères.

Ils marchèrent ainsi jusqu'à un point élevé d'où l'on voyait le versant pentu des Rochettes où quelques vignes subsistaient, encore entretenues parmi les autres à l'abandon et dominées par la grande forêt libre et les petites falaises rongées par la sylve. C'était ce qui restait du petit vignoble de Montfranc-le-Haut. Le Mage le leur expliqua.

Le jeune homme venait ainsi d'apprendre à reconnaître un noisetier d'un chêne et à déceler du pollen dans la cuissette d'une abeille. Il en était tout étourdi ; qu'on l'excuse : ses cours de sociologie ne lui avaient certes parlé ni de l'un ni de l'autre ni de bien d'autres choses qu'il découvrait là et au milieu desquelles le Mage Balthazar semblait être comme bedeau avec chandelles. Pour lors, il allait de cépée en cépée, courant presque, pour surprendre de près le prodigieux manège des abeilles au travail sur les pompons jaunes des coudriers.

Sans se l'avouer, il était bouleversé par la richesse de tous ces éléments simples et naturels, infiniment plus beaux et exaltants que les hallucinations qu'il demandait à la drogue. Sur le promontoire de la Roche-aux-Loups d'où l'on découvrait l'immense échelonnement des monts, vers l'est, le Mage expliquait à Louis Châgniot, comme sur un plan cadastral, les tenures, les anciennes terres communautaires et les mouvances plus récentes où se faufilait la route en lacets par laquelle ils étaient arrivés, tout cela rongé par la lèpre des abandons. Seules, autour de ce village, ressortaient de ce désordre les minces cultures des dix-huit survivants de Montfranc qui tentaient timidement de tenir tête à la lente et sûre invasion que la sauvagerie avait entreprise depuis la fin du XIXe siècle et que le Mage appelait la Grande Couennerie.

Et c'est alors que la chose se produisit. Loulou s'était éloigné d'eux. Il venait de traverser d'épais halliers lorsqu'il buta sur un mur de pierres sèches derrière un taillis de cornouillers qui passaient fleur. Il le suivit, trouva une brèche et aperçut, au milieu d'un bourrelet de ronces, un terrain de terre labourée d'où émergeait, encore valide, une grande et vieille maison de pierre grise. Et au milieu de ce labour : une fille.

Des filles comme celle-là, il n'en avait jamais vu. Elle piochait, brisait vaillamment les mottes. Ses cheveux, qui s'échappaient d'un mouchoir noué à la biscancorne, étaient de la couleur de la belle terre qu'elle remuait; ils volaient à chaque coup de pioche et lui faisaient comme une auréole mouvante. Ses bras – Ah! ses bras! – nus jusqu'à l'épaule étaient dorés, ronds et lisses; on n'y lisait aucun muscle, pas plus que sur ses jambes, bien campées dans le sol. Il la regarda un instant, saisi par une immobilité étrange, comme en catalepsie.

Tout à coup, elle se releva et elle le regarda. Ils étaient à trente mètres l'un de l'autre. Il sortait à peine de la stupeur de son vice, mais cela le réveilla tout à fait. Elle essuya d'un revers de bras la sueur de son front, lui sourit un peu, puis fut comme prise de honte et baissa vivement les yeux.

Non, il n'avait jamais vu ça. C'était tout autre chose que les viragos de la faculté ou les figures de Carnaval de la rue parisienne. Il se surprit à dire bonjour. Un mot qu'il n'avait pas prononcé depuis peut-être trois ans. Elle lui répondit, et sa voix réveilla dans son cœur des souvenirs de plusieurs millénaires. Il enjamba la brèche, s'approcha et se présenta.

« Je suis le fils Châgniot.

– Pas possible! dit-elle. Et c'est votre maison qui s'est éboulée cette nuit au village?

– Oui. C'est pour ça que nous sommes venus.

– Mais comment l'avez-vous su?

– Mon père l'a vue s'effondrer en rêve, à Paris, cette nuit même. »

Elle ne parut pas étonnée. Être prévenue des choses en rêve devait être naturel et très fréquent pour elle. « Et vous allez la reconstruire? »

Jamais il ne l'avait envisagé. Pourtant, il se surprit à répondre : « Oui!... oh! oui. »

Et quelque chose en son tréfonds changea dès ce moment. Était-ce encore l'effet de la gelée royale? C'est alors qu'une voix vint du fond de la maison :

« Ô Catherine, Ô ma mie?

– Ô! lança la fille, comme Nausicaa répondait à Ulysse.

– Qui est ce jeune homme?

– C'est le fils Châgniot. »

Un temps, puis : « C'est Dieu pas possible! Amène-le-moi! »

Ils se regardèrent.

« Venez! C'est mon arrière-grand-mère! souffla Catherine, elle va être contente de vous voir. »

En marchant, elle lui dit : « Vous n'êtes jamais venu à Montfranc?

– Non.

– Alors, il faut vous dire qu'ici vous êtes à la Communauté. Je suis la Catherine de la Communauté – et mon arrière-grand-mère est la Banniche de la Communauté. »

Ils entrèrent. L'aïeule était installée dans un grand fauteuil près de la fenêtre, calée par deux oreillers; elle tenait à la main une petite soupière remplie de ratafia dans lequel elle trempait des mouillettes de pain qu'elle suçait de ses gencives édentées.

« C'est bientôt le médio. Je fais seulement ma

trempusse du matin, jeune homme, pardonnez-moi. »

Elle lui posa autant de questions qu'un évêque peut en bénir. Elle sut ainsi les tenants et les aboutissants de sa famille et de lui-même.

Puis, tout à trac : « Savez-vous, jeune homme, que vous pourriez être mon arrière-petit-fils ? »

Et comme il bâillait bleu : « ... Oui. Votre arrière-grand-père Antoine, je l'aurais voulu comme époux. Mais une autre me l'a pris par surprise. Il faut croire qu'elle était plus riche que moi. Ça ne lui a pas porté chance, allez, elle est morte depuis trente ans. Et lui aussi est mort. » Elle eut un rire haut perché : « Et moi, je suis encore là avec mon ratafia ! »

Catherine écoutait sagement.

Lorsqu'il partit, elle l'accompagna bien au-delà du mur éboulé et ils marchèrent ainsi jusqu'au village en jasant.

« Mon arrière-grand-mère dit n'importe quoi. Elle vous dit que c'est sa trempusse du matin ? Pensez-vous : c'est la troisième depuis le lever du soleil. Pauvre vieille, elle ne se nourrit plus qu'à la trempusse de ratafia !

– Elle semble solide comme un chêne.

– C'est le ratafia qui la soutient, probable ! Elle a quatre-vingt-dix-sept ans ; elle passe ses journées et ses nuits dans son fauteuil. »

Lorsqu'ils se quittèrent, ils restèrent un moment face à face en répétant cinq ou six fois : « Allons, au revoir ! Eh bien, au revoir. »

Puis il s'approcha d'elle et, sans même s'en apercevoir, il laissa ses lèvres prononcer :

« On s'embrasse ? »

Elle poussa un petit Oh ! d'étonnement puis, très grave : « Vous ne voudriez tout de même pas ! Pendant la Semaine sainte ! » puis en riant : « Et surtout pas un Parisien avec tout ce poil-là. Vous êtes trop peût [1]! »

Et l'angélus du midi se mit à sonner.

« Le sergent-major qui sonne le médio [2]! dit-elle vivement. Et ma soupe qui va reûtener [3]! »

Et elle se déroba en courant comme une chevrette.

La trempusse de ratafia? La Semaine sainte? L'arrière-petit-fils du vigneron Antoine Châgniot ne savait pas ce qu'était le ratafia et le descendant de la Marie Châgniot, qui disait trois chapelets par jour, ignorait ce qu'était la Semaine sainte!

Et sans savoir pourquoi, il en ressentit comme un choc violent qui le tira définitivement de son délire de drogué.

Il sut retrouver son chemin dans toutes ces épines et, comme il arrivait à la porte du village, il vit, entre les buissons, quatre hommes attelés à des traits et qui remorquaient, glissant sur le sol, une forme noire. C'était le Treubeudeu qui, avec trois gaillards, ramenait leur sanglier, tué là-bas dans la combe de Saint-Gall, deux heures plus tôt.

Lorsque Loulou entra dans la grande salle du Tribunal, Balthazar éclata de rire : « On a pensé que tu avais succombé aux charmes des deux belles de la Communauté!

– J'étais à la Communauté, en effet! dit-il.

– Ainsi donc tu as vu notre petite Catherine?

– Oui, elle m'a dit s'appeler Catherine.

1. *Peût :* vilain.
2. *Le médio :* le repas de midi.
3. *Reûtener :* se dessécher par une cuisson trop longue.

– C'est-y ça qui te donne cet air fendeur? »

Il leva les yeux au ciel et chanta, comme curé en orémus : « Ah! Catherine de la Communauté! Cette fille – Catherine de la Communauté – regarde-la bien, garçon, parce que c'est la seule, l'ultime! Comme on n'en fait plus et comme on n'en fera plus jamais... »

Et il conta l'histoire de cette communauté civile d'essarteurs, créée bien avant saint Bernard, sans doute, probablement avant Vercingétorix et peut-être même plus avant encore, et qui a duré jusqu'en 1793, date à laquelle la Constituante décréta que nul n'était tenu, désormais, de rester dans l'indivision. En conséquence de quoi les communautés furent officiellement dissoutes, mais les membres de celle-là demeurèrent dans les lieux et continuèrent officieusement à vivre selon les règles de vie des parsonniers.

« ... Petit à petit, conclut-il, leurs descendants disparurent au cours des siècles. Aujourd'hui, c'est la vieille Banniche...

– Quel est ce nom?

– C'est ici le diminutif de Bernardine, mossieu l'Ingénieur! Cette vieille Banniche, donc, et son arrière-petite-fille Catherine sont les dernières survivantes de la race.

– Elle est très belle, dit Loulou.

– C'est une fille supérieure », s'enflamma à nouveau le Mage en enflant sa voix, qu'il avait fort sonore, « une fille dont tu n'es pas digne, toi, crevure, de délacer le cordonnet de sa chemisette! Pense qu'elle est restée là, seule, enterrant père et mère, soignant la vieille, cultivant le bout de terrain de la chènevière, élevant ses cochons, ses vaches, ses volailles et tu as vu dans quel arroi elle travaille? Et elle trouve encore le moyen de nous soigner tous dans le village, quand on est patraque! Non, on n'en fait plus comme celle-là. Tu en connais beaucoup à cette heure qui, dans son cas et faites comme elle, à dix-neuf ans, ne sont pas parties tortiller leurs fesses devant une machine à écrire à Dijon ou à Paris! Elle n'a jamais voulu, elle. Ses grands-parents sont morts, ses parents sont morts il y a deux ans; elle est restée à la Communauté de Saint-Gall, près de nous, tout au-dessus de notre montagne : commune de Montfranc-le-Haut, 592 mètres d'altitude, 18 habitants : 6 femmes, 11 hommes et un innocent, 1 800 hectares de bois et de friches, 17 vaches, 8 juments, 103 mères moutons et je ne compte pas les gélines! »

Il eut son rire en haha puis il continua ses litanies à sainte Catherine de la Communauté :

« Et c'est la seule reproductrice qui nous reste : nos cinq autres femmes ont passé depuis belle heurette l'âge canonique. Si elle ne pond pas ou qu'elle aille faire ses petits ailleurs, nous allons tourner petit à petit en vieillesse comme un vin qui se pique sur la lie. Tu vois à peu près la figure que ça aurait, Montfranc, sans elle?

« C'est notre dernière héritière, notre princesse du sang, notre étoile du matin, notre espoir, notre salut! »

Il eut tout à coup un air atterré et c'est presque en pleurant qu'il dit : « Seulement voilà, il lui faudra trouver l'homme, mais un vrai. Et par les temps qu'il fait, les vrais hommes, ça ne court pas les rues, c'est moi qui vous le dis. »

Là-dessus, Balthazar fit une omelette de quinze œufs et sortit un morceau de lard, deux fromages faits, un gros quignon de pain et une bouteille d'un vin rouge transparent comme jus de groseille en disant : « Mangez, buvez : les œufs sont ceux de mes poules; le lard est celui du saloir du Treubeudeu; les fromages sont ceux de ma vierge fiancée Anne Briottet; le vin celui de nos raisins, que nous pressons dans le pressoir banal, celui du XVIIe siècle, que personne ne connaît, qui fonctionne encore au fond du cellier de l'Auguste Landrot, et le pain est boulangé et cuit par notre Lazarine, une « fille du siècle ». Je veux dire qu'elle est née pendant l'Exposition universelle de 1900. La grande année!

– En somme, vous vivez en autarcie totale! dit Louis Châgniot pour montrer qu'il savait comprendre et excuser les déplorables errements de cette dérisoire société en pleine décadence.

– Autarcie? Pas tout à fait! C'est le meunier du Breuil qui moud notre blé et nous rend son et farine contre sa suffisance en bois de chauffage. Les Francmontains sont des bûcherons-nés, par la force des choses. Du bois, nous, on ne sait quoi en faire. On en verse trois stères dans chaque fossé en guise de pont pour passer nos charrettes dessus! Et quand les femmes ont à prendre de l'étoffe pour tailler les vêtements, ou bien quand les hommes vont chercher leur clouterie ou leur outillage à la quincaillerie du bourg à dix kilomètres, nous payons avec mon miel, nos œufs, nos fromages, nos agneaux, nos dindes et nos cochonnailles. Et nos cochonnailles, garçon, elles sont réputées, crois-moi; tu vas en goûter.

– Mais il se trouve des commerçants pour accepter cette opération? s'indigna Louis.

– Pardi!... Mais au péril de leur vie! Dame : ils n'ont pas le droit! Les argousins de l'État (saluez!) surveillent ça de près! Mais ils ne sont pas encore assez malins et l'ordinateur mouchard n'a pas encore trouvé le moyen de déceler ça!

– Et les factures? coupa Louis Châgniot qui,

comme le premier rat de cave venu, semblait vouloir prendre le Mage en défaut.

– Justement! Aucune facture! Jamais de facture! Jamais de chèque! Jamais de papier! et même jamais d'argent : comme nos pères, on se tape dans la main, on fait entre nous notre petite caisse de compensation et tout le monde s'y retrouve. On a, dans notre crâne, une petite machine enregistreuse qui vaut tous les ordinateurs du monde et qui coûte bien moins cher, et Sa Majesté l'État (saluez!), « l'ennemi public numéro un », n'a pas à savoir si j'achète un cheval, une charrue ou des draps pour le trousseau de la fille que je n'ai pas! Vous êtes allés vous mettre en grands troupeaux, là-bas, dans les villes et vous fourrer dans le piège. C'est là qu'ils vous attendent, eux, pour vous canarder : tu sais bien qu'ils sont plus faciles à prendre, les oiseaux, quand ils sont en grandes bandes.

« Et pis, voilà maintenant les ordinateurs! Vous êtes tous entassés dans leurs mémoires. Avec vos comptes chèques postaux, bancaires ou autres, l'État (saluez!) sait toutes vos transactions, même si vous rachetez une liquette tous les cinq ans! Pas une ne lui échappe. Il sait même quand vous donnez des étrennes à vos petiots et vous fait payer des droits de succession là-dessus!

« Vains dieux, si j'avais assez de voix pour que le monde m'entende, j' yeux-y-dirais [1] : " Si vous voulez être libres, ce qui s'appelle libres, faites comme nous, tous autant que vous êtes. " Mais je me tairai, mes gaillards. On me foutrait dans les prisons de l'État (saluez!).

Louis Châgniot, qui ne connaissait pas l'immense puissance mystificatrice de ses compatriotes ni leur

1. *J' yeux-y-dirais :* en patois « je le leur dirais » (y = le).

génie comique, haussait les épaules en pensant : « Il est fou ! C'est un fou !... Forcément, vivant dans cette sauvagerie, cette crasse et cette société de demeurés, il est devenu fou ! »

Il dit avec condescendance : « Tu déraisonnes, Balthazar ! C'est de l'enfantillage ? Tu es en pleine utopie ! Le temps du troc est dépassé ; tout le monde n'a pas des produits d'échange, et d'ailleurs, que pourraient troquer les employés, les ouvriers, les fonctionnaires et presque tous les citadins, en somme ?

– C'est bien justement pourquoi je ne suis jamais allé m'emprisonner en ville et que je n'ai jamais voulu devenir fonctionnaire ni employé. Avec mon bac, dans les années 30, je pouvais entrer au chemin de fer, aux contributions, dans la banque, partout, mais je n'ai jamais eu de goût pour devenir un ilote surmené, un toujours la main tendue, un toujours la gueule ouverte, qui achète tout, même le bouquet de persil ! Mais toi, mon p'tit Louis, je ne t'ai pas encore demandé qu'elle était ta profession. »

Il y eut un temps – p'tit Louis fit la grimace d'un qui, mangeant du foie, aurait croqué la vésicule biliaire :

« Inspecteur des impôts ! répondit-il, d'une voix extrêmement modeste.

– Vains dieux, hurla le Mage, va-t'en pas nous dénoncer ! On serait tous bons pour le bagne ! »

5.

C'est ainsi que Louis Châgniot, inspecteur des impôts, et son fils, dit Loulou, futur licencié en sociologie, retrouvèrent dans les ronces et les éboulis la maison de leurs ancêtres et les derniers habitants des hauts de Montfranc en Montagne bourguignonne. Quinze heures ne s'étaient pas écoulées depuis le cauchemar du père et la petite piquouse du fils – et pourtant, quelle récolte ils avaient faite tous les deux! Et si j'ai raconté par le menu toutes leurs trouvailles, qui les avaient laissés tous deux fort ébaubis, c'est parce que cela peut mettre l'eau à la bouche de ceux de mes acoutants qui ont conservé encore un peu de jugeote.

On était le mercredi saint. Et tout à coup, Louis Châgniot s'aperçut qu'il avait quitté Paris sans prévenir son « patron ». Il était parti sous le coup d'une grande émotion provoquée par un cauchemar, curieusement télépathique, et qui lui avait fait perdre la notion des réalités et des exigences professionnelles qui, de loin, lui paraissaient tellement infimes. Le lendemain, qui était le jeudi saint, il fit un saut dès le matin au chef-lieu de canton pour donner un coup de téléphone à son bureau et pour informer sa secrétaire qu'il avait dû quitter précipitamment Paris pour une grave histoire de famille. Il se surprit à ajouter que cette affaire très importante le retiendrait probablement jusqu'au mardi de Pâques, qu'il sollicitait la bienveillance de l'Administration et qu'il « régulariserait à son retour ». Il fit quelques emplettes et revint bien vite à Montfranc.

Il prit la petite route, quittant bientôt les cultures et les pâturages de la vallée, et, à un tournant, aperçut, au-dessus de la barre de la Montagne, la mince tache claire que le village faisait tout là-haut sur son promontoire rocheux au milieu des monts noirs encore endormis dans l'hiver, et il eut un grand coup au cœur. C'est à quatre-vingts à l'heure qu'il attaqua la grande montée de neuf kilomètres qui s'élevait dans les bois où les sources de printemps et les scilles fleuries annonçaient le renouveau. Au fur et à mesure qu'il montait, après avoir traversé le dernier hameau, la Rente-de-la-Belle-Fille, la route devenait un chemin de plus en plus étroit et malaisé. Il prit à toute vitesse les nombreux virages, fort ravinés par l'hiver, et fut tout étonné de constater qu'une grande force l'attirait là-haut.

Quand il y fut, en effet, cette sensation d'oppression qui l'étreignait toujours à Paris et qu'il avait un peu retrouvée dans la bourgade routière avait de nouveau disparu. Il ne s'attarda pas à analyser tout cela. Il partit, au contraire, un double mètre et un carnet en main, pour revoir « sa » maison, prendre des dimensions et aviser des travaux à entreprendre. Il le fit seul. Son fils et le mage Balthazar étaient introuvables. Le Daudi et sa sœur, aperçus en train de semer les derniers pois téléphone dans la Chènevière – « A la Saint-Benoît, sème tes pois » –, les avaient vus partir « par là ». Anne Briottet, pour amorcer parlote, ajouta : « Ils seront allés nourrir les mouches dans les murées, probable ! C'est le dernier nourrissement – bientôt, elles trouveront pitance partout!

– Voilà le printemps en effet! dit jovialement Louis Châgniot.

– Vous y fiez pas trop – ici, l'hiver a des méchants retours qui ne sont pas drôles. Tant qu'on n'a pas pris la lune de mai sur notre montagne, faut couver le feu! »

Louis Châgniot riait. Il entendait là une musique connue qui lui revenait à la mémoire par-dessus quarante-cinq années d'absence... et quelle absence! quarante-cinq années d'exil, plutôt... Et cet accent dont il imaginait tout à coup que c'était celui de Bossuet ou de Jean-Philippe Rameau, et cette voix de femme de chair et de sang, belle comme la Vierge au raisin, en dépit ou peut-être à cause de ses cinquante-huit ans. Un grand bouillonnement se faisait dans son corps qui le portait à courir, à grandes enjambées, dans tout le village et tous les sentiers des chènevières et des dernières vignes, épié par une dizaine de regards cachés derrière les murets ou au coin des bûchers. Plus il parcourait les ruelles et les trèjes [1] de ses origines, plus il s'émerveillait tout à coup, entre deux pignons croulants du XVe siècle ou sur la placette, de découvrir les solitudes étagées des croupes sylvestres à perte de vue ou de plonger le regard à ses pieds au plus profond de la vallée qu'on entrevoit entre le Thueyts et la grosse croupe du mont Talant et où brille le mince filet d'eau des rus.

A propos de ce lieu-dit de Talant, p'tit Louis, qui

1. *Trèje* : mot local : passage entre deux maisons. Racine bretonne *trej* : passer.

commençait à ressentir la grandeur familière de son pays, avait demandé à brûle-pourpoint :

« Toi qui sais tout, Balthazar, d'où ce nom de mont Talant peut-il bien venir? »

Il pensait l'embarrasser mais on aurait dit que le Mage l'attendait là, comme fin renard posté où doit passer le lièvre. Ses yeux s'étaient plissés un peu plus que d'habitude et il avait récité, en prenant sa voix de cuistre :

« Talant vient du celte *tal,* qui veut dire hauteur, butte, et *hant* est le mot celte lui aussi qui veut dire le chemin. Talant, c'est donc une hauteur sur laquelle passe un chemin important. Et justement, sur ce mont Talant passait la grande voie gauloise que les Romains ont utilisée sous le nom de via Domitia, qui allait de Langres à Autun!...

» Louis Châgniot, muet, avait regardé le Mage qui, pour lors, innocemment, ligaturait une brassée de bois-la-ratte pour en faire un balai, le moins coûteux et le meilleur balai du monde. Il avait feint la naïveté, pour ne pas dire la bêtise, mais après avoir doté l'instrument d'un très beau manche en coudrier, il s'était mis à balayer les belles dalles de comblanchien rose qui pavaient sa demeure en disant, mine de rien, comme le premier académicien venu :

« ... Le mot *tal* est très fréquent dans notre onomastique. Ainsi nos bois communaux sont situés dans un endroit qu'on nomme " la Talgotte " – ce qui veut dire " le bois qui est sur la hauteur " – du celte *goat* qui désigne le bois. »

Ce disant, le Mage, avec son balai, avait rassemblé soigneusement un important tas de jolies merdes de poules, marbrées comme des porphyres, faisant ainsi son « ménage de Pâques », un des plus importants des quatre nettoyages de l'année de la tradition francmontoise : un par saison.

Louis Châgniot, les yeux ronds, de plus en plus subjugué par le personnage, avait alors dit au Mage, n'osant plus le tutoyer : « Mais Balthazar, vous semblez parfaitement connaître le celte. »

A quoi le Vieux, sans cesser de parfaire son second balayage de l'an (le premier ayant été celui de Noël), avait répondu en clignant de l'œil : « C'est bien tout de même la moindre des choses que l'on connaisse sa langue maternelle. »

La nuit, ils la passèrent chacun au fond de ces lits qui jouaient aux quatre coins dans la grande salle voûtée du tribunal, sous des courtines de toiles d'araignées. L'air était frais – un bon temps de fin de printemps pour Montfranc-le-Haut mais un froid sibérien pour les deux Parisiens, au plus bas de leur dégénérescence urbaine.

Lorsqu'ils s'éveillèrent le vendredi saint, ils s'aperçurent que le mage Balthazar n'était pas là. Ils trouvèrent sur la table un saucisson sec entamé, un pavé de lard froid, des noix, un pot de miel, des reinettes de Caux et, sur les cendres chaudes de l'âtre, une gamelle pleine d'un liquide brun dont ils s'aperçurent bien vite que ce n'était pas du café, mais une simple décoction de racines de pissenlit grillé et de glands. Ils prirent cela pour une invitation à s'attabler. Après quoi, Louis Châgniot retourna à sa ruine où, avec une sorte de rage, il joua du mètre toute la matinée, une grande idée lui étant venue.

Le Mage arriva vers les midi, poussant une bicyclette de haute époque chargée de deux énormes bottes de genêt, l'une sur le porte-bagages avant, l'autre sur une sorte de rancher fixé sur la fourche arrière. Il déchargea cette moisson en grondant à l'adresse du jeune homme : « Et maintenant, garçon, tu vas me bouffer ça par tous les pores de ta peau jusqu'à en chier vert!... » Et il se mit à écraser au pilon dans un mortier de pierre cinq bonnes poignées de sa récolte en marmottant : « ... tu sais ce que c'est, ça?... hein?... C'est du genêt à balai, de la genête, de l'herbe à la sarpent... [1]. Ça va te nettoyer de toutes tes saloperies... »

Et il jurait ses cinq cents milliards de vains dieux.

En malaxant cette filandreuse bouillie verte, il continuait, en prenant sa voix cafarde de maître d'école : « Les vieux disaient que le genêt, c'était le " balai " qui débarrassait le corps de toutes les impuretés venues de l'extérieur. Cela signifiait tout simplement que le genêt que voilà contient des principes essentiels, que les écolâtres appellent aujourd'hui des alcaloïdes, paraît-il, et qui sont la spartéine, une espèce d'adrénaline végétale..., qu'ils disent, la génistérine, la sérothamnine et encore je ne sais quelle scoparine... Bref, nous on en donne aux brebis qui vont crever mordues par une vipère et on les sauve en deux temps, trois mouvements. C'est bien le diable si ça ne te balaie pas les boyaux! »

Il exigea que le jeune homme se dévêtît et il lui enduisit le thorax et l'abdomen avec cette bouillie qui ressemblait plutôt à de la bouse de vache. Il en conserva une grosse cuillerée à soupe qu'il mélangea à une bouchée de gelée royale et la donna au patient :

« Pendant que tu vas mijoter dans ton cataplasme,

1. *La sarpent :* le serpent, en patois bourguignon.

avale ça, avale, gamin! Sûr que pour Pâques, tu seras ressuscité. »

Il enveloppa Loulou dans un drap puis dans deux couvertures et, l'ayant mis au lit, le recouvrit d'une haute couette de plumes. Tout en soignant Loulou, le Mage continuait : « Je suis allé te chercher ça dans le vieux pays, le Morvan, qui a été installé tout exprès à trois lieues d'ici. Là-bas, le balai pousse comme chez lui! »

Puis, passant avec aisance de la botanique à l'étymologie : « A propos, cher étudiant en sociologie, je parie que tu ne sais pas d'où vient le mot français " balai "? »

Bien entendu, Loulou restait muet, la bouche ouverte, l'œil mou.

« Du vieux mot celtique " balann ", qui est tout bonnement le nom du genêt chez nos pères les Gaulois, qui l'ont toujours utilisé comme balai jusqu'à notre lumineux XXe siècle. »

Louis Châgniot, qui rentrait à ce moment, écoutait en faisant des yeux ronds. Comme la plupart des citadins, il était persuadé que le paysan était un être sous-développé, donc stupide, ignorant, voire suspect et dangereux : « La botanique et maintenant le Gaulois, pensa-t-il. Mais cet homme est le diable! »

Il regardait tout cela en silence.

Pour tout dire, son premier mouvement avait été de s'interposer vivement, en disant au Mage : « Trêve de plaisanteries, Balthazar, soyons sérieux. Assez de ces remèdes de bonne femme!... »

Il avait même ajouté cette phrase que répétait, à toute occasion, sa femme et qui donne bonne conscience aux ilotes de l'ère atomique : « Que diable! On n'est plus au Moyen Age! »

Mais tout à coup, il avait songé à ces innombrables médecins, tous grands toxicologues, qu'il avait consultés à grands frais et qui s'étaient révélés impuissants, sinon dangereux.

Il avait donc regardé le Mage composer ce philtre et l'appliquer à son fils, qui paraissait se soumettre de bonne grâce à ces simagrées. Il avait certes sursauté lorsqu'il avait vu son Loulou avaler cette bouillie de genêt, car il avait appris, je ne sais où, que l'ingestion de genêt présentait un certain danger pour l'homme, en raison de la spartéine qu'il contient. Mais les bras lui tombèrent. Il succomba une fois de plus au découragement et soupira : « Pourquoi pas? », et laissa faire.

Puis il poursuivit son idée, la magistrale idée qui venait de lui venir à la vue de ce si beau village, notamment cette église du XIIe siècle avec ses médaillons en tête de Baphomet, ces petites halles en poutrage de chêne et puis cette maison Bichot où se trouvent sculptés autour des fenêtres de drôles de signes. Véritables trésors du patrimoine national, inappréciable capital culturel qui s'effondre lentement sur les fantômes de ses derniers habitants.

Louis Châgniot se récitait là, par cœur, les phrases si souvent répétées par les ministres successifs de la Qualité de la vie et de l'Environnement, ou lues dans les innombrables revues.

C'est alors que le vieux attrapa par l'aile un coq qui se pavanait sur la maie devant trois de ses poules favorites, l'égorgea, le pluma, le vida en un tournemain et, l'ayant bardé de deux léchettes de lard épaisses comme la main, le mit incontinent en marmite, avec quatre gousses d'ail arrosées d'une bouteille de vin de Montfranc, en disant :

« Trois minutes ou trois jours de mortification, voilà le secret de la tendreté chez le poulet. A condition de le faire cuire à l'étouffée, avec, pour finir, un coup de grande rôtissoire devant les braises. »

Pendant ce temps, Loulou, tout vert depuis le col jusqu'au pubis et soumis comme jument limonière, mijotait sagement dans son cataplasme en tendant le cou pour avaler son rogôme[1].

P'tit Louis Châgniot avait vu le Mage enlever discrètement le foie du poulet et se demandait bien ce qu'il allait en faire.

Il vit alors le Mage en retirer soigneusement la vésicule biliaire puis donner le foie au jeune homme en lui disant : « Mange ça, gars! »

Louis Châgniot eut un haut-le-corps.

« Tout cru? Mais vous n'y pensez pas, Balthazar?

– Mange ça! insista le vieux, mange ça tout chaud!

– Vous êtes fou, Balthazar, c'est dégoûtant!

– Tu n'as jamais entendu parler de l'héparine, mossieur l'Ingénieur? »

Loulou Châgniot, sans faire la moindre grimace, prit le foie, bien rose et, subjugué, l'avala sans mot dire alors que son père, vaincu, les yeux ronds, tombant les bras, répétait : « Boh! Après tout, pourquoi pas... au point où nous en sommes! »

Châgniot père et fils venaient d'être saisis par le paradoxe, l'arbitraire et le non-conformisme transcendantal, bref, par le bon sens qui baignait ces sommets de la montagne bourguignonne et entraient ainsi dans cette chronique grandiose et singulière de Monfranc-le-Haut.

1. *Rogôme :* un ragoût cuit et recuit dans lequel on ne reconnaît plus les éléments qui le composent. Terme péjoratif.

Et vint Pâques. Il avait neigé la veille, mais au matin, le soleil se leva dans un ciel d'une grande pureté alors que les primevères débourraient drument.

Portant son assiette et son couvert, Catherine de la Communauté, sur le coup de midi, sortit de chez elle dès que le sergent-major commença à branler de toutes ses forces les deux cloches muettes depuis trois jours. Elle courait presque dans la ruelle et gagna l'église. C'était à l'église en effet qu'avait lieu ce fameux repas où l'agneau pascal était remplacé par le sanglier du Treubeudeu.

Une vieille idée du Mage Balthazar. On ferait la frairie de la Résurrection dans l'église et, faute de curé (le dernier avait été enterré seize ans plus tôt et Monseigneur ne l'avait jamais remplacé, faute de personnel), c'est entre soi que l'on romprait le pain et boirait le vin.

Catherine de la Communauté trempa deux doigts dans le bénitier vide et se signa, par habitude, entra dans la nef qui embaumait déjà la gruyotte[1] de sanglier et s'agenouilla dans la travée où son nom, Groselier, était gravé dans le bois de l'accoudoir. Elle dut marmonner une très courte prière car elle se releva bien vite et entra dans la sacristie où les quatre femmes valides du village se trémoussaient autour du fourneau.

Sous l'étroite voûte du XIIe siècle, les hommes avaient dressé dix planches sur cinq tréteaux pour faire une table que l'on recouvrait tout simplement de trois nappes d'autel qui se rongeaient encore aux mites dans les armoires de la sacristie.

1. *La gruyotte :* civet confectionné avec les abats, la saignette des bêtes tuées et avec le sang qu'on a pu recueillir au dépeçage. On sert la gruyotte au repas que les chasseurs prennent en commun (dialectal).

Comme Catherine, chacun avait apporté son couvert. Balthazar, maître de cérémonie, dirigeait les opérations. Il vit la jeune fille et lui sourit : « Te voilà, ma Catherine? Toujours belle comme une étoile envers les cieux! »

Et c'est alors que Louis Châgniot entra dans l'église. Il était accompagné d'un jeune homme inconnu, bien droit, bien rasé, le menton rose et l'œil clair. Les yeux de la jeune fille s'agrandirent de surprise : elle venait de reconnaître Loulou Châgniot. Il vint à elle.

« Bonjour, dit-il.

– Bonjour.

– Vous me reconnaissez?

– Tout juste; vous voilà propre comme un sou neuf! Plus un poil.

– Je me suis rasé.

– Par rapport au reproche que je vous ai fait avant-hier?

– Peut-être... », répondit-il, alors que la jeune fille devenait rouge comme une pomme Rambourg [1].

Balthazar poussa un grand cri en voyant le garçon. « Pas possible! Mais te voilà rasé comme un Américain et vif comme un lérot. Tu n'es pas reconnaissable. A la bonne heure! Ce n'est plus la drille mouillée qu'on a vue arriver il y a cinq jours. »

Puis criant à tout le monde : « Pour sûr que voilà une résurrection! Regardez ce gars-là : c'est l'arrière-petit-fils d'Antoine Châgniot et voilà son père, p'tit Louis, que d'aucuns ont connu quand il était nourrin [2] ici, il y a une quarantaine d'années. Ils sont venus reconstruire leur maison abolie. Et ils vont faire Pâques avec nous! »

1. *Rambourg :* variété de pomme, souvent carminée.
2. *Nourrin :* on disait cela d'un garçon parisien envoyé en nourrice dans un village morvandiau.

Le sergent-major s'apprêtait à sonner l'angélus du médio. Balthazar s'interposa : « Laisse, cré vains dieux! Le jour de Pâques, c'est à nous tous de faire ça! »

Et les hommes se crochèrent aux cordes qui pendaient au beau milieu de la croisée du transept et hardi que je te sonne. Il y en eut pour plus d'une heure de carillon car ils se relayèrent, les vieilles comme les vieux. Catherine n'y manqua pas non plus. Et qui vint l'aider à branler le bourdon? Le fils Châgniot, dit Loulou le Drogué.

Lorsque, essoufflés, ils s'arrêtèrent, Balthazar cria : « Et maintenant, à table! »

Ce fut le Mage qui servit le vin et qui prit le pain pour le rompre et le distribuer à tous. Debout, il faisait cela avec des gestes majestueux au milieu du silence général. Tout le monde, en effet, s'était tu. Un battement d'aile passa dans l'air, celui de la dame blanche qui logeait là, puis Balthazar se laissa retomber sur son banc en disant : « Mais mangez et buvez donc, sacrédié! »

Et la ripaille commença. Une honnête ripaille, comme toujours en vieille Bourgogne où le rituel de la table ressemble à une liturgie ample et grave quoique bruyante et animée, mais mesurée. Seule la chère était excessive. Pensez! un marcassin de cent onze livres pour dix-neuf personnes! Il est vrai que, comme ne manqua pas de le dire le Mage, on n'était pas obligé de le manger en entier. A la rigueur, on pouvait en laisser pour le repas du soir.

On en était encore à la gruyotte que les deux battants de l'église s'ouvrirent tout grands et que le curé, crotté comme barbet, entra en coup de vent, poussant sa bicyclette noire. Non pas le curé de Montfranc car, on le sait, le dernier était mort seize ans plus tôt, mais le curé Mariotte, curé d'un village situé à neuf kilomètres de Montfranc au fond de la vallée dans la zone civilisée que l'évêque de Dijon jugeait encore digne d'être desservie.

Il appuya son lourd vélo contre le bénitier et parmi les oh! y et les ah! enjamba le banc et s'assit entre Catherine et Loulou, qui en furent marris car je ne sais comment ces deux jeunes gens s'étaient trouvés côte à côte.

« Figurez-vous, disait-il, qu'en accompagnant sur le parvis mes paroissiens, à la sortie de la grand-messe, j'ai entendu un beau concert de cloches. J'ai dit : il n'y a que Montfranc-le-Haut pour sonner si haut et si clair et j'ai pensé à vous, mes chers, mes pauvres Francmontains perdus au milieu de vos bois, dans vos hautes sauvageries, privés du secours de la sainte religion, pour vous porter la bonne parole et ma bénédiction.

– Je parie que quelqu'un vous avait dit que le Treubeudeu avait tué un sanglier! » cria le Pied-Fourchu.

Dans les rires, le curé Mariotte murmura : « Je dois vous avouer que oui et je n'ai pas manqué de déplorer que vous eussiez sacrifié un sanglier plutôt qu'un agneau.

– Vous savez bien que c'est l'agneau pascal des Gaulois! lança une voix.

– Je ne connaissais pas encore cette excellente coutume gallicane! » répondit l'abbé, qui s'éjouissait sans vergogne; après quoi, il attaqua la gruyotte. Il n'en eut pas avalé plus de trois cuillerées qu'il leva l'index et s'exclama, alors qu'un silence lourd et pesant se faisait :

« Ce sanglier... Ce sanglier... je ne sais quelle fut sa vie mais sa mort rachète bien des choses. »

Un puissant murmure de satisfaction accueillit cette traditionnelle appréciation. Si le curé ne l'eut pas faite, la liesse pascale n'eût pas été totale.

Et chacun, dès lors, se trouva en état de grâce pour communier dans la plus parfaite fraternité.

C'était le marguillier, l'infatigable et anticlérical sonneur de cloche, qui, pour toute la compagnie, tranchait les miches que la Lazarine avait pétries et cuites avec l'aide de la Marie Tauboeuf et du Bonaventure Soiguillot. Il faisait ça avec une très grande dextérité et commençait à remplir un benaton [1] de quignons qu'il passa à ses commensaux. Et pendant que la charpaigne [2] faisait un premier voyage autour de la grande table, il taillait, avec son couteau de poche, un large morceau de venaison qu'il posait sur son croûton et qu'il découpait en petits cubes sur le revers du pouce, pour les mâcher longuement, n'ayant plus que deux dents, et encore n'étaient-elles pas l'une en face de l'autre.

Lorsqu'il vit le curé, assis, en train de jaser avec ses voisins, il ne put y tenir; sa verve anticléricale lui inspira le court morceau d'éloquence qui s'imposait. La bouche pleine, il lança : « Toujours les mêmes qui ne font rien! Au lieu de gloser, curé, tu ferais mieux de rendre service à la tablée! » Et il lui lança la miche de six livres avec laquelle l'autre fit un superbe arrêt de volée en criant : « D'accord! »

Il sortit alors son propre couteau de sa poche, l'ouvrit, le fit luire à la lumière de midi qui descendait précisément de la modeste verrière du transept sud, et se mit à découper le pain en morceaux qu'il distribua à tous en disant : « Allez! Prenez et mangez le pain de l'Amitié, ce pain, fruit de la terre et du travail des hommes! »

1. *Benaton :* gros panier à vendange.

2. *La charpaigne :* panier fait avec de la « charpe » ou lamelles de bois de charme.

Puis, de sa grosse main, il ouvrit une bouteille de vin et fit le tour de l'assemblée.

« Pendant que j'y suis, je vais aussi vous servir à boire. Comme ça, je ne serai pas venu pour rien ! »

Quand il eut fait le tour, il versa une rasade dans son propre verre, le prit, le leva dans le rayon de soleil qui passait par là, par hasard, et dit :

« Allez ! Prenez et buvez ce sang de la terre qui est versé pour vous et pour toute l'Humanité ! Le vin de l'Alliance éternelle... »

Tous, le verre levé, trinquèrent en donnant un petit coup de gueule qui voulait être le témoignage de joyeuse frairie. Je ne sais pas comment il s'y était pris mais le curé, à ce moment de grande cordialité collective, après avoir bu une bonne gorgée, bien mâchée comme il se doit, se trouvait debout près du sergent-major. Il lui présenta son verre à la hauteur des yeux en disant : « Et on trinque, bon Dieu ! »

L'autre, dans le même mouvement, les yeux déjà un peu plus brillants, fit de même : « Et on trinque, nom de Dieu ! » Les deux verres se choquèrent, à la limite de rupture, et les deux hommes burent ensemble, les yeux dans les yeux. Il y eut un bref silence et le sergent-major, ayant savamment dégluti une goulée, dit d'une voix retenue : « Comme ça, tu me plais, curé ! »

A quoi le curé répondit : « Pardi ! » (Ce qui veut dire « par Dieu », chacun sait ça.)

On entendit encore quelques verres s'entrechoquer puis reprit le brouhaha des bonnes tablées, coutumières dans cette région, depuis trois mille ans et plus.

Loulou Châgniot et Catherine avaient trinqué ensemble, une lueur dans l'œil et pendant tout le repas, jusqu'à ce que le quartier de sanglier fût réduit à squelette, trouvèrent des choses à se dire, au point de ne même pas répondre à ceux qui les plaisantaient.

La Nanne, la serviette nouée sous le menton et étalée sur sa belle poitrine, mangeait ferme mais sans dire grand-chose. Elle pensait, en servant son innocent de frère, et lui torchant le museau après chaque bouchée. Elle pensait, sans quitter des yeux son impossible fiancé, le Mage, qui, la fourchette en main gauche, le couteau en main droite, pérorait en face d'elle avec le Louis Châgniot, le Parisien. Elle pensait tout bonnement à ces phrases que le curé avait prononcées en rompant le pain et en élevant le verre de vin : « Prenez et mangez... prenez et buvez... ce pain, ce vin. » Cela lui rappelait quelque chose sans qu'elle puisse vraiment savoir quoi, et elle s'aperçut tout à coup qu'elle, qui ne buvait habituellement que de l'eau, avait bel et bien sifflé ce verre de vin rouge sans sourciller et qu'elle en frétillait bien agréablement, sans même penser à mal. Le vin et le pain de l'Amitié. Oui, cela lui rappelait quelque chose de très proche et de très ancien. Quand les flans à la semoule furent mangés, on servit les flans aux pruneaux et quelques corniottes qu'on avait fait cuire après la fournée de pain et c'est alors que le curé se leva et dit : « Eh bien, je suis jar [1] bien content d'avoir pu faire les Pâques avec vous dans ma meilleure paroisse ! »

La Nanne se souvint alors que le vieux curé consacrait ainsi à la communion, avec presque les mêmes paroles, mais en latin, le pain et le vin et elle en fut soudain très inquiète. Ce curé en chandail et blue-jean, que l'on disait ancien officier de cavalerie

1. *Jar* : cette particule est intraduisible et renforce l'affirmation, surtout en Auxois.

et curé marginal, ne venait-il pas leur faire commettre là un sacrilège? Une hérésie? La gueule béante de l'enfer ne s'ouvrait-elle pas sous ses pas? Elle sortit en hâte et rattrapa le curé par la manche : « Mossieu le Curé! – Oui? – Vous venez-t-y pas de nous donner la Communion à tous? – bien sûr que si! – Mais personne n'était confessé et le sergent-major, ce mécréant, a communié comme nous! – Sans doute, mais Judas était lui-même à la table du jeudi saint et il a mangé le pain et bu le vin, que je sache. »

Déjà le prêtre était en selle sur son vélo noir et il filait comme une flèche dans la longue et dangereuse descente, dans les bois, jusqu'au petit pont, tout au fond de la grande combe et on pouvait le voir pédaler comme un fou, sans même lever les fesses de sa selle dans la remontée sur les hautes friches de la Crâ [1] qui font le partage des eaux. Et Dieu sait si cette côte est raide. C'est pourquoi, d'ailleurs, on l'appelait la Justice, dans le vieux temps où l'on comprenait le relief du pays et où l'on avait l'esprit à rire, obligé que l'on était de ne compter que sur ses jarrets pour savoir si le chemin montait ou descendait.

1. *Crâ :* espace steppique brûlé de soleil, de là sa dénomination bourguignonne de Crâ; de « cram » qui, en celte, veut dire « brûlé », « grillé » (penser à « cramer » en français populaire).

6.

C'est à l'issue de ce repas que Louis Châgniot fit part de son intention de rentrer à Paris dans la journée du lendemain, lundi férié – « ... pour reprendre son service », dit-il gravement.

– Peuvent pourtant ben se passer de toi à Paris? répliqua le Mage, qui n'avait jamais connu d'obligations de ce genre, ni compté le temps ou l'argent.

– Et qui me paierait au bout du mois? »

Le Mage hocha tristement la tête en disant :

« C'est vrai qu'ils te tiennent comme esclave, là-bas.

– ... Et puis, il faut que je rentre pour voir des gens et prendre des contacts, car il m'est venu une idée, ajouta Louis.

– Diable! et quelle idée?

– Une grande idée...

– Mais une BONNE idée, au moins?

– Oui. Une idée pour Montfranc! »

Louis Châgniot, tout à son « idée », ne vit pas alors que son fils, à l'évocation de ce retour à Paris, venait tout à coup de ressembler à un escargot que l'on aurait trempé dans un verre de vinaigre chaud. Il se recroquevillait sur lui-même en se tortillant sur son banc à telle enseigne que Catherine lui demanda : « Mais quoi don qui vous arrive? »

Le lendemain, donc, lundi de Pâques, Louis Châgniot, la bouche un peu empâtée par le repas de sanglier (il compta qu'il avait bien, entre autres choses, avalé en cinq heures de mangeaille sept cents grammes de viande rouge et une bouteille et demie de vin de trois [1]), prit les dernières mesures dans sa maison, fit encore trois ou quatre rouleaux de photos, rassembla son vestiaire et plongea une ultime fois le nez dans son moteur. Mais, au moment où il sonna le départ, à l'aide de son klaxon qui fit sursauter tout le village, son fils fut introuvable. Il le chercha vainement pendant quatre bonnes heures, le huchant partout. Le Mage, narquois, et les dix-sept autres Francmontais sur leur seuil, assistaient, impassibles, aux recherches.

Le soleil baissait dangereusement sur le Morvan d'Autun ; le Mage très calme dit alors :

« Bah ! Rentre don seul dans ton Paris. Laisse-le don, ton p'tiot. Tu le reprendras quand tu reviendras.

– Mais voyons, Balthazar, ses examens ? Sa licence ?

– Des examens ? Tu voudrais faire passer des examens à cette loche [2] empôgenée [3] ?... Même pas capable de soulever un cabotin [4] vide, tu l'as vu hier ! »

Puis, très condescendant, il continua sa litanie : « ... Laisse-le-moi don, ton p'tiot. Une semaine ou deux à Montfranc, tu verras comme ça va le requinquer !... J'en ai les moyens, p'tit Louis, j'en ai les moyens, crois-moi... Tu verras... Il ne peut pas être mieux qu'ici... 592 mètres d'altitude, 8 juments,

1. *Le vin de trois :* un qui le boit et deux pour tenir le buveur.
2. *Loche :* nom local de la limace grise.
3. *Empôgenée :* en patois bourguignon : empoisonnée.
4. *Cabotin :* toit de la ruche, en paille et amovible.

10 000 hectares de bois et de friches d'un seul tenant. Et les abeilles... T'entends, Louis? les abeilles! Elles vont bien te le retaper, ton pourri... Ses examens? Tu penses!... Une licence de sociologie? une place en queue de liste de chômage, voilà ce que ça lui donnera en priorité. Ici, pense : de la bonne eau gratuite, du bois qui ne doit rien à personne, de l'air à beurnonsiaux [1], de la terre plus qu'il n'en peut gratter... et mes abeilles? Pense, mes abeilles que je ne pourrai pas élever pendant des siècles, moi, sans héritier, sans personne pour les panser... mes mouches, p'tit Louis? Tu y penses? 400 colonies à nourrir dans ce printemps et 5 ou 6 millions de citoyennes à gouverner; dans rien de temps, les essaims vont débourrer : leur courir après, les prendre, les loger, poser les hausses et voilà la grande miellée qu'arrive! Alors là, garçon, cinq mille rayons à désoperculer. Tu entends? Cinq mille! Et tu crois que je pourrai faire ça tout seul? Mais la voilà sa licence à ton p'tiot!... Son agrégation? Elle est là : maître des abeilles!... que l'envie de la drogue va lui passer comme une colique aux prunes!... que tu ne le reconnaîtras pas quand tu viendras faire tes prochaines Pâques, je te le dis! »

Pendant ce temps et d'une voix de moins en moins forte, Louis Châgniot criait à tous les vents : « Loulou!... Loulou!... On part avant la nuit!... Je veux arriver à la porte d'Italie avant huit heures ce soir... Loulou!... Loulou! On part. Sois raisonnable! »

Chante cocotte! Loulou ne répondait pas. Et pour cause : il était regrigné [2] dans le trou à la Sarpent, dans le creux de pierre que la Vouivre avait fait en y

1. *A beurnonsiaux :* en quantité, à profusion.
2. *Regrigné :* recroquevillé.

frottant ses écailles. Il était là, à croupetons, défendu par une double courtine d'épines noires et de ronces sylvestres à décourager un père blaireau. Certes, il entendait les « Loulou!... Loulou! On part! » de son père mais ne bougeait pas plus qu'une laie au ferme. Il faut dire que, de là où il était, la porte d'Italie avait une drôle d'allure, je vous l'assure, et la rue Sauvage, à l'entrée d'un camp de concentration, puait fort de la bouche, sûr!

Las d'attendre, et pour arriver avant la bourre, Louis Châgniot, en désespoir de cause, repartit seul. Son fils, au fond de sa tanière, entendit le départ du moteur, mais les coups de freins dans les dix-huit virages allèrent en s'estompant. Bientôt l'on n'entendit plus que le vent d'est dans les branches fleuries des prunelliers et le murmure du ruisseau de Grand'Fontaine. C'est alors que Loulou sortit de sa caverne et revint au village.

Au volant, tout au long de la route punitive, Louis Châgniot pensait avec angoisse à ce que sa femme, retour de ski de printemps, allait trouver à dire sur l'absence de ce fils qu'elle avait pourtant abandonné sans remords depuis son enfance aux stupres et à la débauche urbains. Il ruminait aussi cette prodigieuse « idée » qui lui était venue devant les ruines et les pampres fous de son village, et à la vie de sauvage à laquelle ses pauvres compatriotes étaient, lui semblait-il, encore condamnés sous la tyrannie de ce grand hibou de Balthazar.

« Des ilotes, sortis tout droit du Moyen Age! (Il tenait, comme la plupart des imbéciles, que le Moyen Age était le fond crasseux et horrible d'un gouffre obscur.)

« Il faut faire quelque chose, disait-il... Il y a de grandes choses à faire!... Il faut absolument sauver le merveilleux patrimoine enfoui dans les profondeurs de nos provinces... Il faut faire connaître ce site... il faut... il faut... » Et il projetait :

« Dès demain j'irai voir Untel et Machin, au ministère de l'Environnement... et Poujade! lui qui administre la qualité de la vie. Cet état de délabrement de nos merveilles architecturales est inadmissible... surtout Montfranc-le-Haut, ce village si..., ce village... »

A la même heure, à Montfranc-le-Haut, la planète entrait pour Loulou le Drogué dans une ère nouvelle.

7.

Quelques minutes avant vingt-trois heures, Louis Châgniot débouchait sur les boulevards extérieurs au droit de la porte d'Italie parmi un peu moins de cinq cent mille chevaux fiscaux, rongeant leur frein de devoir marcher au pas sur cinq files. Il sifflotait car il avait réussi à éviter ainsi le bouchon intégral du lendemain de fête.

Aspirant à pleins poumons les gaz d'échappement de ce troupeau piétinant, le pied jouant alternativement du frein et du débrayage et tout en réussissant quand même à faire du quatre à l'heure, il supputait qu'il arriverait rue Sauvage avant les minuit, ce qui était, tout compte fait, une heure très raisonnable pour un enfant du peuple devenu cadre supérieur à la force du poignet.

« Somme toute, disait-il à haute voix dans sa petite prison à roulettes, j'ai bien fait de partir aussi tôt... et de laisser Loulou là où il était. Au juste, c'est peut-être le mieux qui pouvait lui arriver, à ce pauvre gosse ! Il va respirer le bon air et, au moins, je n'aurai plus sous les yeux, pendant quelque temps, cet affreux débris que le Mage a appelé, je crois " une loche empôgenée " : une limace enfoirée. »

En faisant le tour de la place d'Italie, il eut le

temps de laisser son esprit s'étendre sur ce triste sujet, qui lui donnait, certes, mauvaise conscience, mais il abandonna bien vite car, comme il tournait au coin de la rue Edmond-Flamand, il vit, devant l'escalier M du bâtiment 33, une ambulance de luxe d'où deux blancs brancardiers descendaient une femme à la jambe plâtrée.

C'était, bien sûr, son épouse, de retour de « ski de printemps ».

Les retrouvailles furent empreintes de la plus intime simplicité :

« On ne fait pas impunément du ski comme ça, à quarante-cinq ans, sans autre entraînement que la voiture, l'ascenseur et la machine à écrire..., dit-il pour détendre l'atmosphère.

– Oh! Je t'en prie, mec (c'est ainsi que parlait Marlène Châgniot, femme libre et secrétaire de direction), je t'en prie, mec, écrase! Je suis majeure!

– Et ta fille? demanda le mec.

– Elle ramène la voiture. J'ai préféré revenir en ambu, conseil du toubib; d'ailleurs, c'est remboursé par la sécu. »

Ainsi fut reprise, dans ce délicieux langage, la douce vie conjugale de ce couple vieux de vingt-deux ans et qui avait réussi à faire, par accident il est vrai, deux enfants : Loulou le Drogué, étudiant en sociologie, présentement passé à la dissidence, à Montfranc-le-Haut, berceau de la famille paternelle, et Ghislaine, qui se prétendait étudiante en sciences économiques, également libérée, et qui, pour lors, devait être occupée depuis une dizaine d'heures, à triompher des bouchons sur la route de retour du « ski de printemps », à ses risques et périls et au milieu de plusieurs centaines de milliers de ses semblables exténués.

Elle n'arriva d'ailleurs que sur le coup de onze heures le lendemain matin, son moteur ayant eu une faiblesse inexplicable sur l'autoroute, juste à un endroit qui se trouvait à bonne distance de tout réparateur – précisément à hauteur de Montfranc, sur les sommets du seuil de Bourgogne. Elle avait erré plusieurs heures à pied, à la recherche d'un mécanicien indigène, n'hésitant pas à s'enfoncer hardiment dans un arrière-pays hirsute et négligé où elle trouva un Gaulois pas pressé qui, ayant avisé et se frottant doucement le ventre, lui expliqua qu'il eût été inutile de demander un effort supplémentaire au coûteux bolide avant d'en avoir rempli le réservoir.

C'est toujours en femme libre et consciente de son identité qu'elle consacra trois nouvelles heures au remplissage dudit réservoir et que, admiratrice de la femme moderne en général et d'elle en particulier, elle reprit la route. Une route libérée, elle aussi, les « heures de pointe » étant passées depuis belle heurette et tout ce monde ayant réintégré les ergastules métropolitains après une semaine de liberté conditionnelle.

Elle perdit ainsi une bonne journée de cours en faculté mais, en revanche, quel enrichissement devaient lui valoir ces admirables aventures! Non encore conquise à l'usage des stupéfiants durs (elle n'en était qu'au petit joint quotidien), elle avait encore un esprit relativement délié qui lui permettait d'assumer allégrement les très riches imprévus de la vie moderne.

« ... A propos de ton Montfranc, dit-elle à son père, je suis passée à quelques encablures. Quel bled!

– Ton frère a préféré y demeurer, dans ce bled...

– Merde! Le petit con! » dit-elle, délicatement

admirative, en se roulant par terre pour téléphoner à l'un de ses Jules, étudiant, comme elle, en sciences économiques et, comme elle, futur cerveau pensant de l'ineffable société de marketing en pleine expansion. (Je crois que c'est ainsi que l'on dit.)

Châgniot eut donc, grâce à cette jambe cassée qui l'immobilisait, l'occasion de regarder son épouse. Il y avait assez longtemps que cela ne lui était pas arrivé. Et il s'aperçut alors combien cette personne, qui avait été une charmante jeune femme, ressemblait de plus en plus à un homme et même à un homme perverti.

Tout à coup, oui, il lui sauta aux yeux qu'une profonde, effroyable et bouleversante mutation avait transformé en mâle fatigué cette jolie petite femelle de jadis. Pas tellement, semblait-il, par le costume ni par la puanteur tabagique de son haleine et de sa sueur. Il avait pourtant dit à son psychanalyste attitré, qui était en quelque sorte son indispensable confesseur, que leurs rapports sexuels lui semblaient même être devenus des rapports homosexuels, donc parfaitement odieux et absolument insupportables. Ce qui n'était pas pour rien dans la dépression nerveuse dont il souffrait périodiquement.

Cette masculinisation de son épouse venait en vérité de bien d'autres causes, auxquelles il n'avait pas eu le temps de réfléchir. La vie urbaine ne lui laissait le temps de rien, surtout pas celui de penser. Mais là, après cette cure de semaine sainte dans une des dernières zones intemporelles de France, dans cette réserve encore miraculeusement inviolée par le progrès, il retrouvait brutalement cet être qui avait été son beau rêve pur, la mère de ses enfants, et il découvrait tout à coup une virago assez monstrueuse aux ambitions viriles, avide de se masculiniser dans le but bien précis de « se libérer », sa condition féminine lui étant curieusement devenue insupportable.

A vrai dire, cette obsession qu'elle partageait avec un grand nombre de ses semblables était apparue à la suite de son adhésion à un « Mouvement » (on sait que le monde est en perpétuel mouvement), le Mouvement de libération de la femme, je crois, et dont l'argument était, qu'on me dise si je me trompe, que, dans la société capitaliste décadente, la situation masculine est, de bien loin, préférable à la condition féminine. L'homme étant, contrairement à la femme, parfaitement libéré de tout, ce qui est inadmissible, convenez-en.

La métamorphose avait été d'abord morale ou spirituelle mais elle n'avait pas tardé à devenir physique, sauf qu'il lui était toujours impossible de franchement pisser contre un mur. Mais cela n'avait, au fond, qu'une maigre importance pour la suite des événements.

Quoi qu'il en fût, Marlène, dûment plâtrée, avait, dès le lendemain, mis les choses au point en annonçant à Louis Châgniot son intention bien arrêtée de divorcer. Tout simplement. Oui, il fallait sortir bien vite de cette situation injuste, passéiste et vraiment scandaleuse qui consiste à réunir et à maintenir artificiellement et arbitrairement deux êtres, égaux et libres par hypothèse, dans une institution aliénante et inégalitaire par définition.

« Mais, ma Bichette, divorcer? Après vingt-trois ans de mariage?

– Justement, avait répondu Bichette, il est grand temps que ça cesse, non?

– Mais, ma Bichette, avec deux enfants!...

– Et alors? Ils sont grands et responsables, non?

– Mais, ma Bichette, notre foyer?... Notre petit appartement?...

– Qui te parle d'y changer quoi que ce soit?... Au plan fiscal, il paraît que nous gagnerons déjà à vivre en concubins célibataires. Au plan civil, nous y reprendrons tous deux notre identité personnelle inutilement et odieusement sacrifiée à celle du couple, non? Au niveau de l'hygiène sexuelle, rien n'empêche qu'elle soit assurée soit mutuellement, comme par le passé, soit – ce qui serait mieux encore – dans une liberté totale dans le choix du partenaire, non? pour un épanouissement parfait de notre holding, non? »

Elle employait le charabia de son P.-D.G. Elle s'en gargarisait avec délices et il faut avouer que cela faisait grande impression sur Louis Châgniot, qui ne négligeait rien lui non plus pour se promouvoir en adoptant les manières et le vocabulaire des technocrates. Il acceptait n'importe quelle ânerie pourvu qu'elle fût énoncée avec des « au niveau de », « au plan de » et tout le vocabulaire anglais sans quoi le Français d'aujourd'hui est incapable d'exprimer les idées les plus simples.

On convint que l'on déciderait ultérieurement de « la chose », après examen individuel, puis concertation et dialogue entre personnes responsables – formule magique qui résout toutes les difficultés –, et Châgniot retourna à son « idée », car elle l'enthousiasmait : c'était l'exploitation et la revalorisation du patrimoine national qui dormait sous les ronces, au fond de la France profonde et notamment à Montfranc-le-Haut.

Il entreprit donc, dans ce sens, des démarches dont la complexité m'interdit d'en faire ici l'exposé.

8.

Ce matin-là, comme Loulou Châgniot surgissait de son lit de plume, haut comme un bahut et profond comme une baignoire, il trouva le Mage penché sur un appareil fort inattendu dans le capharnaüm qu'était la salle du Tribunal : un microscope.

Un microscope optique élémentaire, certes, le bon vieux microscope de Hudde que l'on trouvait jadis dans le laboratoire du collège des frères Quatre-Bras où il avait fait ses études secondaires et où il avait dû le subtiliser quelque quarante-quatre ans plus tôt. Pendant qu'une poule rouge, la favorite du seigneur des lieux, pondait gravement sur l'édredon, le Mage, immobile et crispé, lorgnait, impassible, quelques grains de pollen qu'il avait recueillis la veille, par un procédé personnel, à la rentrée d'une abeille. C'était une espèce de tamis fixé au trou de vol, qu'il avait modifié dans ce but : il l'avait fabriqué en tendant sur un léger cadre de bois des crins de cheval entrecroisés. C'était tout simplement des poils qu'il avait arrachés à la queue des juments du Bénigne Beurchillot, en lançant à l'adresse de tout le bas pays qu'on entrevoyait entre les croupes contrariées : « C'est pas vos tracteurs qui me donneraient des crins comme ça! hein? Il a beau avoir trois cents chevaux, allez donc chercher des crins comme ça à la queue de votre tracteur, bande de gnaulus! »

Il avait fixé ces crins en une sorte de canevas à la finesse très étudiée, chaîne sur trame de sorte que, pour entrer dans la ruche, les abeilles devaient s'y frotter énergiquement et à chaque entrée, elles abandonnaient ainsi une partie de leur butin qui tombait en poussière d'or vert dans un auget où on le récoltait. Cela donnait une matière granuleuse dont la consistance se situait entre la fleur de soufre et le cérumen, d'une odeur étrange, très forte et qui commandait le respect.

C'était un piège dont il était très fier.

Il guettait les abeilles au retour de leur quête : « Ah! mes avettes, on va vous réquisitionner votre butin... N'ayez pas peur, mes cocottes, on ne vous en prendra qu'une partie; le reste, on vous le laisse pour nourrir vos apprentis forçats. »

« Ça fait mille fois que je le regarde, ce pollen-là, dit-il enfin en desserrant les dents, et pour la millième fois, je me pose la même question... »

Loulou Châgniot ne devait jamais savoir quelle était cette question car le Mage, le hibou gris, s'était mis à casser les noix dont, avec son miel, il faisait son déjeuner du matin. Loulou posa pourtant son œil sur l'oculaire du microscope, eut un sursaut puis releva la tête, ébloui, et murmura : « Formidable! »

Il venait en effet de découvrir un monde. Il en était tout abasourdi. Il s'assit en répétant : « Formidable!

– Eh là! eh là! dit le Mage. Va-t'en pas fourrer trop tôt ton nez là-dedans! Le pollen, ça s'approche sur la pointe des pieds. Avec le sang, c'est la denrée la plus mystérieuse du monde – qui tient dans sa structure les secrets de la Vie. Faut pas gaspiller ça, garçon! Faut l'état de grâce! Faut la main sacerdotale! »

Il montra l'auget.

« J'ai là du pollen d'aulne. Le " verne " des Gaulois. C'était même un de leurs arbres sacrés. Pourquoi? Va savoir. Peut-être parce qu'il tourne à l'eau. Ce qui est sûr, c'est qu'avec le coudrier, c'est le premier pollen pour les avettes! Matière à réflexion, hein! Moi, je le guette tous les ans. Les mouches en sont pleines qui reviennent de la Serrée, où justement les vernes poussent comme chiendent. »

Le Mage s'arrêta, se cura les dents avec la petite lame de son couteau et, s'échauffant, pointa la lame sur la poitrine du jeune Parisien et dit :

« Et tu sais comment s'appelait la famille qui habitait depuis toujours à la Serrée où poussent les vernes?

– Non, je ne le sais pas, mais je vais le savoir!

– Duverne, qu'ils s'appelaient! Duverne! Tu m'entends? »

Il tirait la langue en clignant de l'œil : « Hein? Ça te la coupe? »

Il ricana, méprisant : « Aujourd'hui, je crois bien qu'il y a un ou deux de ces Duverne qui font des trous dans les tickets de métro, par là, sur la ligne Nation-Dauphine. Les pauvres! Mais heureux encore qu'ils sont, parce que cette ligne-là est plus souvent dessus que dessous. »

Finissant de mâcher son nougat de noix, le Mage hochait longuement le nez.

« C'est comme vous, les Châgniot. Vous êtes sortis du coin des chênes, les " châgnes ", comme on dit chez nous. C'est bien connu...

– Oui, mon père me l'a dit souvent! » affirma Loulou.

Le Mage le regarda d'un air prodigieusement heureux d'apprendre une si bonne nouvelle. L'œil frisé, il lui dit en lui tapant sur l'épaule : « Ton père t'a dit ça? Eh ben, tu vois, ça prouve qu'il n'est pas si bête qu'il en a l'air! »

Puis, sans désemparer, il revint au pollen : « Je crois avoir compris, avec mon microscope, que l'abeille ne s'intéresse qu'aux pollens dont la structure est hexagonale. »

Il répéta en souriant : « Le monde hexagonal des abeilles...! Cela pourrait peut-être venir de la forme de son œil... à moins que... »

Son œil brillait comme une escarboucle. On sentait qu'il valait mieux ne pas le distraire de sa méditation. Il resta longtemps ainsi, la paupière collée à l'oculaire de son microscope.

Il se redressa pour murmurer : « Voilà ce que je voudrais savoir... Bien des questions se posent. Et tu peux m'aider à y répondre. Oui! Voilà : toi qui es jeune et qui as les yeux en face des trous, tu peux me continuer. C'est pour ça que j'ai dit à ton père de te laisser ici. Et vous ne vous êtes fait prier ni l'un ni l'autre. Lui, il a huché deux ou trois fois "Loulou! Loulou!", comme ça, pour avoir l'air, et il est parti comme un péteux, tout bonnement, pour arriver porte d'Italie avant la bourre et être à l'heure à son bureau! Et toi, je crois bien que tu es allé te gîter comme un levreau de quatre mois au fin fond des rios, pour débucher, gaillard, aussitôt que tu n'as plus entendu sa pétoire. »

Là-dessus, le Mage monta la presse à gaufrer. C'était le moment où, la température étant devenue maniable, il ramollissait ses cires de l'an passé et les glissait entre les deux rouleaux de sa presse pour en faire des plaques alvéolées, toutes prêtes à être installées sur les rayons. Les abeilles les termineraient et y monteraient de part et d'autre les parois latérales des alvéoles.

« Ça gagne du temps à mes bêtes et elles m'en sauront gré ! » disait le Mage.

C'est ainsi que commença pour Loulou le métier de maître des abeilles : dans l'eau de la chaudière, il jetait les pains de cire naturelle de deux cents grammes environ et entretenait le feu jusqu'à ce que l'eau fût à la température voulue. Quand les pains de cire étaient de la bonne consistance, il les laminait un à un, entre les deux rouleaux. Il en sortait un mince gâteau doré engravé recto verso d'hexagones savants, qu'il passait ensuite au massicot pour le calibrer aux dimensions des rayons 12 × 36. Les rognures retournaient à la fonte. Et tourne que tu tournes, il en fit ainsi une centaine par jour. Et cela dura dix jours, après quoi ils passèrent en revue les cinq mille cadres de hausses et remplacèrent les trop vieilles cires par celles, toutes fraîches, qu'ils venaient de laminer, en les fixant dans le cadre au moyen d'une gourmette chaude. Tout cela dans cette belle odeur blonde de cire travaillée alors que les premières abeilles venaient les surveiller, en tournant autour d'eux, évitant adroitement de se prendre aux toiles d'araignée que le Mage conservait aux fenêtres pour se protéger des autres insectes. Il disait : « Le meilleur piège à mouche, et de bien loin, c'est la toelle d'irangne [1] ! »

Il prenait souvent sur le bout de son doigt une butineuse venue ainsi en observateur et lui disait : « Oui, oui, ma belle, oui, on travaille pour vous ! Ce sera fini en pas tardant, juste quand

1. *La toelle d'irangne :* la toile d'araignée.

la grande miellée va commencer. Va le dire à ta patrouille. »

Et chaque fois, la regardant avec amour, il branlait de la tête, en disant : « Sacrée vieille petiote charogne », comme s'il eût parlé à un enfant. Car c'est en ces termes que l'on montre sa tendresse entre Ouche et Raccordon où les autochtones sont maîtres en l'art de la litote.

Puis tout de suite vint le pollen de noisetiers, qui passa aussi devant le petit microscope, suivi de l'orme, du peuplier, grenat somptueux, du charme et du frêne.

Le Mage, pendant des heures, le plus souvent après la soupe, au moment de l'étoile Vesper, parlait du pollen. Il prenait alors une voix haut perchée et soutenue, comme celles des moines de Cîteaux entonnant complies. Il chantait la louange de cette poussière d'or, de ce « sperme cosmique », comme il l'appelait, lorsqu'il arrivait au paroxysme de cette excitation vernale qui le transformait. Il devenait un autre homme et entrait dans le plus petit détail, expliquait comment les ouvrières allaient amasser cette poudre dans les alvéoles, lorsque les œufs de la reine allaient devenir des larves, malaxer cette poudre avec leur salive et en faire une bouillie qui servirait à nourrir les jeunes et transformer, en huit jours, ces larves inconsistantes en insectes parfaits, capables de s'adapter au terrible régime de travail de la ruche.

« En huit jours! Tu entends? En huit jours, des millions d'abeilles. Le Miracle! »

Il prenait alors une cuillerée de pollen, la mélangeait à un demi-verre de miel et disait : « ... Alors, tu vas m'avaler ça! et tous les jours! et, larve que tu es, tu vas devenir un sacré gaillard! Marche! Plus de Loulou! Fini le Loulou la piquouse! Tu seras désormais un vrai Châgniot, descendant d'Antoine Châgniot, l'Honneur du Tour de France, Compagnon passant du Devoir et de Jean-Baptiste Brocard, le meilleur vigneron du coin. Un gars qui, quand sa voiture s'embourbait, passait dessous et la soulevait, attelage compris. »

L'autre, l'œil chaviré, acceptait de mâcher la mixture. Il faisait alors une drôle de grimace car le pollen donnait au miel une amertume puissante et une rugosité qui le déroutaient. Il avalait pourtant, subjugué, comme poussé par un instinct.

Un jour, même, alors qu'il avait rassemblé un demi-bol de pollen particulièrement impalpable, du pollen de sureau, semblait-il, le Mage répandit à la main cette poussière d'or sur le front du jeune homme. Elle descendit en fine cascade sur son nez, sur ses lèvres et sur son menton, ce qui eut pour effet de le faire éternuer et pleurer comme un blaireau enfumé.

« C'est bon signe ! » disait le Mage en se tapant sur les cuisses. « Cré vains dieux, c'est bon signe ! »

Et il ajoutait gravement : « C'est ainsi que les Gaulois d'avant la catastrophe initiaient leurs fils. Ça va te revorcher le sang, ça, marche ! »

Et il riait de bon cœur, d'un grand rire tellement narquois que l'on pouvait se demander s'il ne venait pas de se gausser, pour le plaisir de jaser et de se moquer de tout le monde. Et c'était peut-être le cas. Mais dans ces pays, on manie le scepticisme avec tant de vigueur goguenarde qu'il en devient tonique comme un verre de ratafia.

Tout en reprenant ses occupations, le Mage continuait avec un plaisir non dissimulé ses cours d'onomastique et contait au jeune homme la généalogie de chacun des habitants du village. Il récitait cela par cœur, comme litanies, ce qui n'aurait pas manqué de monotonie si le vieux n'eût truffé ses propos de remarques et d'appréciations personnelles, surtout lorsqu'il expliquait les sobriquets dont ils étaient tous affublés. Par exemple, les « Clairons » qui tenaient leur nom du clairon – c'était en réalité un bugle – qu'un ancêtre avait pris à un soldat suédois venu traîner ses bottes par là, on se demande pourquoi, au cours de la campagne de France (le Mage le prétendait). Je pense plutôt que l'ancêtre avait dû participer à cette campagne en 1813 et qu'il avait trouvé là cet instrument qui maintenant trônait sur la cheminée, haubané de fils d'araignée.

Il y avait aussi « Reichschoffen », un grand diable de piocheur, portant encore le costume local et qui avait chargé à Reichschoffen à travers les houblonnières, ce qui doit être une position bien pratique pour une charge de cavalerie lourde!

La famille Dard, elle, tenait son patronyme d'un ancêtre très lointain qui, en 1243, avait vendu des chevaux aux Croisés et était allé jusque sur les Lieux saints manier l'épée avec une rare dextérité, ce qui lui avait valu son surnom.

Aucun des autres n'allait chercher à son nom des origines aussi glorieuses. Le sobriquet était souvent dû à un travers, à une difformité ou à une mésaventure. Je donnerai, par exemple, le cas du « Noué ». La légende courait que l'intéressé n'en finissait jamais, que son père – à moins que ce ne fût son grand-père – avait promis mariage à une fille. Au dernier moment, il s'était ravisé et en avait épousé une autre. La première avait résolu de se venger et elle était allée trouver dans le Morvan un jeteux de sort qui avait tout simplement « noué l'aiguillette » de l'infidèle : le jeune marié, pendant trois ans, n'avait pas approché sa jeune épousée. C'était un dénoueux de sort qui avait déjoué le mauvais œil. Depuis ce temps-là, la famille portait, sauf sur l'état civil, le nom de « Noué » qui n'est, somme toute, pas plus désagréable qu'un autre. Ils en étaient même très fiers car, dans ce pays-là, le plaisir de l'euphémisme et de l'hypocoristique n'a d'égal que celui du paradoxe cocasse et de la truculente raillerie de soi-même.

Seule, semble-t-il, l'Anne n'avait pas de surnom : elle était l'Anne du Daudi et lui était le Daudi de la Nanne.

Ainsi, jour après jour, Loulou pénétrait l'âme de Montfranc-le-Haut.

9.

Tout arrive. Et le temps vint de planter les pommes de terre. Une opération que tout le monde, dans cette région rigoureuse, repoussait en fin de saison en disant : « Ici, moins on se presse et plus on récolte. » Et c'était vrai. Il y avait, dans les annales du village, une trentaine de cas que tout le monde citait volontiers, et pour cause, où les pas pressés avaient rempli leurs paniers à ras bord alors que les courageux, les impatients, les agite-air avaient tout juste récolté leur semence de l'année suivante. La sagesse conseillait donc d'attendre pour mettre en terre. Pourtant, après avoir semé les deuxièmes pois, les premiers ayant été mis à la Saint-Benoît, comme il se doit, on se mit à trier les plans et à préparer les paniers. Les dix-huit habitants de Montfranc-le-Haut avaient pour habitude de faire dix fois plus de pommes de terre qu'ils n'en avaient besoin, car c'était là une de leurs meilleures et de leurs plus discrètes monnaies d'échange. Les treuffes de la Montagne ayant, chez les commerçants des trois cantons, une cote très élevée due à leur qualité. Il était vrai que Loulou Châgniot, reprenant tout doucement voix humaine, reconnaissait n'avoir encore jamais mangé d'aussi bonnes patates. Et le sergent-major, l'Émile Mouillon, renchérissait en disant :

« Cré vains dieux! Quand j'ai besoin d'une paire de brodequins, je n'ai qu'à emporter une bâche de cinquante kilos de treuffes au cordonnier, il se met tout de suite à battre le cuir. Et attention : pas des escarpins de bal, hein, mais des brodequins cousus main et chevillés! que j'en ai pour vingt ans d'usage. »

On vit donc Loulou Châgniot planter des treuffes. Le premier étonné, c'était lui-même, car ce pauvre ilote n'avait jamais de sa vie vu de champ de pommes de terre et n'avait pas, bien que sociologue, la moindre idée de la façon dont elles se reproduisaient. Au début, c'était le Mage qui creusait les trous et lui qui mettait le plant dedans, en veillant à ne pas casser les germes, mais à la longue, il demanda la pioche et le Mage prit donc le panier. Et l'on vit à Montfranc-le-Haut ce spectacle incroyable : le sociologue drogué grattant la terre! Et en chantant! Oui : les dix-huit habitants de Montfranc l'entendirent – la mémoire devra s'en conserver pendant plusieurs siècles – fredonner d'une voix très incertaine, il est vrai, un de ces miaulements informes et bien connus que l'on qualifie trop facilement aujourd'hui de chanson. C'était piteux sur le plan musical et injurieux pour le grand paysage sous les cieux, mais il fallait en convenir : Loulou chantait. Tous étaient là, bouche bée. Car, pour simplifier le travail, tous les Francmontais faisaient preuve d'un rare esprit d'entraide. Chose curieuse et absolument unique dans toute la Bourgogne. Ils tenaient cette originalité, disait-on, de ce qu'ils étaient le reste d'une tribu de Boyens, que les autres clans avaient assigné à résidence là-haut en pays perdu. Ainsi ils mettaient tous, et le même jour, leurs pommes de terre dans la même pièce de terre, appelée « un coupe-jarret », que le seul laboureur avait labourée pour tout le monde en début décembre.

La terre avait ainsi passé le dur hiver les racines en l'air et, aujourd'hui, elle se travaillait à merveille alors qu'à côté, les orges du village, semées en Carême, commençaient à pointer le nez. C'était prodigieux ce que Loulou Châgniot venait d'apprendre là en trois petites semaines de présence, avec tout simplement les abeilles, les orges, les pommes de terre et dix-huit indigènes. Et c'était peut-être pour cela qu'il chantait.

Le Mage, qui l'avait pourtant bien surveillé, ne l'avait pas encore vu chercher à s'isoler pour, éventuellement, prendre sa ration de poison. D'ailleurs, il semblait ne posséder ni seringue ni drogue et, bien que Balthazar ne connût rien à l'affaire, il s'étonnait que le jeune homme ne donnât pas de signe de manque.

Un jour, alors qu'ils observaient minutieusement les ruches pour savoir si, le nid à couvain se fermant un peu trop, on pouvait en conclure que le vol nuptial avait eu lieu, ce qui eût été un peu trop précoce, un commando d'abeilles kamikazes fit une sortie, sans doute à la suite d'une fausse manœuvre des deux hommes, et attaqua vivement le jeune homme qui, comme le maître, travaillait à mains nues. Il poussa un cri, fit quasiment un scandale, hurlant de douleur hors de propos. Le Mage lui retira simplement cinq dards et, le regardant ironiquement, lui dit : « Tu ne vas pas nous en faire une horloge à treize coups, non? Quand je pense que tu te piquais entre les doigts de pied avec ta vacherie pour le plaisir et que cinq petites piqûres de rien du tout sur la main te font hurler à la mort! »

Loulou, qui se calmait, dit alors simplement, à voix très basse, les dents serrées et l'œil fixe :

« Je ne me piquerai plus jamais... Je ne peux plus supporter ça... C'est intolérable... »

Balthazar le regarda sans trop savoir quoi dire – « Le Miracle? Mes couenneries l'auraient-elles désintoxiqué? » pensa-t-il en haussant les épaules.

Le Mage, en toutes choses, travaillait à une vitesse prodigieuse.

Au moment où il fallut buter les pommes de terre, il décrocha du râtelier un instrument bizarre, qui était une pioche, certes, mais en quoi était-elle si différente? Son manche, d'abord, était curieusement galbé et façonné. La lame semblait être normale et pourtant il y avait un quelque chose qui en faisait une pièce unique.

Lorsqu'ils se mirent au travail, Loulou comprit tout de suite que ces formes spéciales étaient prévues pour faciliter le travail du butage et que c'était lui-même, le Mage, qui façonnait ainsi, en les reprenant en forge, tous ses outils. Comme l'étudiant le regardait avec étonnement, il lui dit :

« A chaque homme son outil et un outil par travail. Le rêve serait de le fabriquer de A à Z, et tout le monde ne le peut pas, mais chacun doit l'adapter à sa main... Je les achète chez le père Diard, le dernier taillandier des neuf cantons (il disait neû-cantons) et je me les approprie. Personne n'a la même longueur de bras et de jambe, ni le même tour de reins.

« En attendant, prends celle-ci et va, que je te regarde piocher; après quoi je t'en modèlerai une que tu ne voudras plus qu'celle-là. »

Puis, comme ils étaient relevés pour jaser, le Mage étendit son bras gauche pour désigner toute cette étendue de montagne, de creux et de bosses. Il lui montra les rares parcelles de terre cultivée : rousses et toutes petites entre les épaisses forêts et les grandes plaques de friches qu'elles grignotaient inlassablement.

« Tu vois, garçon, tout ça, c'était à la pomme de terre, aux avoines, aux orges et aux ails ! Tu crois que c'est un progrès de surproduire avec les machines qu'on ne peut pas payer, de faire dans ses braies chaque trimestre quand les échéances du Crédit agricole arrivent et de pleurnicher parce qu'on ne peut pas vendre ce qu'on surproduit ou de le vendre à perte ? »

Loulou ne comprenait rien à ce langage : il ignorait ce qu'était le Crédit agricole et, pour lors, ne savait que planter les patates, les buter et regarnir les hausses des ruches.

Là-bas, tout là-bas, sur le seuil de la borde Saint-Gall, on voyait un joli petit bras qui agitait joliment une pièce d'étoffe blanche ; à quoi Loulou répondit en levant les deux bras et en les agitant avec force. Catherine, car c'était elle, monta même sur le banc du seuil pour qu'on la vît mieux, alors que le Mage, impassible, mais un drôle de sourire aux lèvres, lâchait :

« Ten ! Regarde don ta petite camarade qui a du mal à étendre son linge, là-bas ! »

Loulou fit mine de ne pas entendre et dit :

« Vous parliez des ails, tout à l'heure ?

– Voui ! Les ails ! C'était une de nos richesses. On avait même, au chef-lieu de canton, la foire aux oranges.

– La foire aux oranges ?

– C'est comme ça qu'on appelait la foire aux ails. Ça se sentait sur tous les chemins qui mènent au canton. Il venait des acheteurs de Lyon. Il y en a qui venaient jusque de Donzère, près du défilé de

Donzère, sur le Rhône. Nous, on allait faire la foire aux oranges comme vous, vous allez faire le Salon de l'auto. » Il s'était accroupi et prenait à poignées la terre qu'il laissait couler dans ses mains.

« Voilà de la terre à ails – ici, pas ailleurs. Regarde par exemple la vallée qui est bien verte : c'est de la grosse terre. Tu feras jamais pousser " une " ail là-dedans. Elles graissent, elles pourrissent et c'est fini. Ici, sur les dessus, qu'elle se trouve, la terre à ails. Quant aux pommes de terre, c'est pareil. C'est là, dans cette terre rouge bien rangée entre les cailloux, qu'elle pousse à miracle. On en labourait dix fois plus large et plus long. Jamais plus tu ne mangeras des treuffes comme celles-là ! On en venait chercher de partout. Même les Bretons qui venaient quérir nos plants. On faisait l'échange, d'ailleurs – les nôtres en Bretagne, les leurs – chez nous. Ah ! un plant de Bretagne cultivé ici !... on pouvait le manger sans beurre ni lard... L'autre richesse, c'était le bois. Car on l'exploitait ! On l'exploitait selon les règles, garçon ! On peut dire qu'il en est descendu des stères, de nos forêts ! »

Il poussa un soupir très doux et laissa filer : « Sacrés vains dieux de bordel de dieux de merde ! » et se remit à retourner la terre en disant : « Allez ! ça les enracinera et ça les protégera peut-être bien de la gelée car il nous vient du pas bon, de côté. »

Il montrait le Morvan et après s'être frotté de la main le crâne sous sa casquette sans l'enlever, ce qui est un exercice assez peu commun dont la perfection n'est obtenue que grâce à un long entraînement, il se redressa encore une fois :

« Tu vois toutes les campagnes que tu découvres de ce point élevé ? A qui que tu crois que ça appartient, hein ? A qui ? »

Loulou balbutiait : « Heu... à qui... Aux paysans, pardi ! »

Le Mage eut un éclat de rire un peu triste et rageur.

« Au Crédit agricole, gnaûlu ! Oui : au Crédit agricole ! Pour payer leurs machines, ils hypothèquent tous leurs biens. »

Il refit son geste englobant l'horizon.

« Tout ça au Crédit agricole, c'est-à-dire à l'État, jeune homme !... » Il relâcha son : « Sacrés vains dieux de milliards de merde ! » qui sembla effacer subitement son courroux et, ayant commencé la première strophe de *La Madelon*, s'arrêta encore une fois pour dire d'une voix gaillarde :

« ... Sauf à Montfranc-le-Haut ! Où rien n'est hypothéqué. Rien. Tout est à nous et on peut dire merde à tout le monde depuis le dessus des remparts du château. Remarque bien que s'ils s'en aperçoivent, ils se revengeront avec le fiscal ! »

Un qui était étonné, même bouleversé, de découvrir tout cela, c'était Loulou le Drogué. Tout cet enchevêtrement de treuffes, d'ails, d'avoine, d'orge, de foires, de cailloux et de terre rouge, qui n'a l'air de rien du tout, et toute cette vie lointaine au train des chariots, des charrettes, et d'une prospérité laborieuse qui semblait n'avoir laissé que de bons souvenirs chez ces gens... Mais étaient-ils bien sincères ? Loulou le mit en doute :

« Mais au lieu de buter ces treuffes à la main, vous auriez une buteuse ? Ça doit bien exister ?

– Si ça existe ? A un, à deux, à cinq, à dix rayons ! Mais tout existe, garçon ! J'ai vu, chez ma cousine, ta grand-mère qu'habitait quai de Bercy où elle vendait du vin de Villers, une machine à casser et à battre les œufs ! Tu entends bien ? A casser et à battre les œufs !

« C'était en 32. 1932, l'année de l'Exposition universelle, le début de la grande connerie : j'y étais allé, pour voir. J'ai vu des tas de choses mirobolantes ; d'abord, la fameuse machine à casser et à battre les œufs. Toujours à la pointe du progrès, ta grand-mère en avait une. On m'a montré ça avec un petit air de supériorité. Quand j'ai demandé pourquoi cet engin pour faire tout bêtement une omelette, on m'a dit : " Ça gagne du temps ! " Ça gagnait du temps comme il était pas possible !

« D'abord, je me suis demandé pourquoi donc il leur fallait tant gagner de temps. On ne parlait que de ça : gagner du temps. A croire que le Bon Dieu le regrignait [1] comme une peau de chagrin. Et après, je me suis mis à calculer : pour faire une omelette de six œufs, il fallait vingt-quatre secondes pour les casser et en gros une minute pour les battre. Avec la machine, en vingt secondes tout était fait, c'est vrai, mais on arrêtait là l'expérience. Moi, l'homme des abeilles, habitué à aller jusqu'au bout des choses, j'ai continué à chronométrer et j'ai vu que ta grand-mère mettait bien cinq minutes pour laver, nettoyer, en la démontant, la machine magique et que, de toute façon, le truc était cassé cinq semaines plus tard quand je suis allé chercher ton père et qu'il lui fallait le bon air et une nourriture de chrétien.

« C'est là que j'ai flairé que votre Progrès consistait de plus en plus à faire chèrement et difficilement les choses simples, faciles et bon marché. Je ne me trompais pas : aujourd'hui, on en est à utiliser plus de trente millions de matériel spécialisé pour moissonner tant seulement douze hectares de céréales et on s'étonne de voir monter les prix de

1. *Regrigner* : rétrécir.

vente des produits qui ne peuvent jamais, d'ailleurs, rattraper leur prix de revient. Et on se plaint, et on gémit. Tout leur manque... le temps surtout, ce temps que, grâce à la machine, on devait gagner à beurnonsiaux!

– Mais la main-d'œuvre, Julien, la main-d'œuvre, il n'y en a plus!

– Pardi! elle est partie, la main-d'œuvre, chassée par toute cette quincaillerie et on la retrouve, assise sur les trottoirs devant l'Agence pour l'emploi, rue des Corroyeurs, à Dijon.

– C'est égal, Julien, vous avez l'air de vivre comme un sauvage et vous avez des idées sur tout...

– Du haut de mon observatoire, je n'ai qu'à regarder, observer, écouter. Je n'ai plus qu'à déduire et jaser. C'est tout ce que je peux faire. »

Puis il poussa une grande gueulante : « Et pis merde! On mangera toujours nos treuffes, nos noix et nos lapins...

– Et nos poules! » ajouta la petite Catherine qui s'était approchée, un coq à moitié déplumé à la main. Elle ajouta : « C'est pas la peine de rien faire pour votre dîner [1]. Ce midi, je fais le jau [2] au vin. Il y en aura cinq fois trop pour nous deux ma grand-mère. Vous viendrez nous aider.

– C'est bon, j'apporterai le reste », dit le Mage.

Ils se remirent à buter. Un triangle d'oiseaux, en ordre parfait, volait très haut dans le ciel en faisant le petit bruit fin que l'on fait en passant légèrement l'ongle sur une robe de mariée.

Loulou les regarda : « Les canards! » dit-il.

Sans lever le nez, Balthazar enchaîna : « Les sarcelles, tu veux dire. »

1. *Dîner* : le repas de midi.
2. *Un jau* : un gros coq.

Et il se releva pour les contempler : « Regarde-les passer la Montagne. Elles montent dans les flaques d'eau de l'Auxois. C'est les dernières. Ce coup-là, on peut dire qu'on tient le bon bout. »

Il les suivit des yeux encore un moment, silencieux, pour les voir fuir droit dans les lacs du haut Auxois, à perte de vue. Ce qui leur donna à tous deux l'occasion de se libérer les reins, en pissant un coup.

Là-dessus, ils allèrent à la Communauté où Catherine, rouge comme ses radis, avait mis, oui mesdames et messieurs, avait mis une nappe blanche qui portait encore les plis qui n'avaient pas été ouverts depuis l'armistice de 1918, sans doute.

Julien y apportait tout ce qu'il avait trouvé de mangeable dans son garde-manger, deux bouteilles de son vin et Loulou, son pot de gelée royale dont il ne pouvait plus se passer. Et pendant tout le repas, Catherine ne cessa de regarder le jeune homme.

Ils décidèrent de passer l'après-midi à buter les treuffes de la Catherine, en disant : « Bah! Pendant qu'on y est! »

10.

Montfranc-le-Haut, perché sur la roche d'où saint Martin, ce grand barbare iconoclaste, s'était élancé par-dessus les forêts de Véluze pour sauter dans l'Autunois, était encore sous le coup du plus vif étonnement devant ces événements insolites lorsqu'il entendit à nouveau le ronflement bien régulier de la voiture automobile (pour Montfranc, le mot « voiture » désignait encore exclusivement la voiture hippomobile) qui, un mois plus tôt, avait amené Louis Châgniot et son fils. Tout s'était tu – même les premiers grillons qui profitaient du soleil pour accorder leurs petites cymbales aiguës. Le circaète faisait, très haut, des ronds dans le ciel, puis s'était raidi en un vol plané que le vent faisait glisser prudemment vers l'est, au-dessus des grands bois; les quinze portes du village se fermèrent et les rideaux furent tirés.

Chez la Catherine de la Communauté, on en était au fromage lorsque se firent entendre les bruits de moteur.

« Sacré dié, qu'est-ce que c'est encore que ça! » hurla le Mage.

Loulou fut debout d'un jet. Les chiens étaient déjà au tertre, criant à pleine voix. Les deux hommes se faufilèrent entre deux rangs de cassis qui débouchaient sur le pierrier servant d'observatoire.

Louis Châgniot n'était pas seul : trois riches voitures, apparemment « pleines de monde » – comme ronchonnait le Mage – montaient au ralenti et on entendait les cris d'admiration de plusieurs femmes : « Fantastique ! Merveilleux ! Inouï ! Oh ! cette brillance de rivière, là-bas, entre deux forêts !... »

Les voitures avaient donc fait les dix-huit virages dans la combe et débouchaient dans la côte de l'église alors que le tambour-major s'y engageait : c'était l'heure de l'angélus du médio. Louis Châgniot, au volant de sa D.S., le rencontra au plus scabreux du raidillon. Il n'eut pas un mot, mais ce simple petit cillement de l'œil par lequel, là-bas, on exprime sa plus grande sympathie.

« Te vlà que ? dit enfin le bedeau.

– Je te manquais ? répondit le Parisien qui reprenait le sens de l'ellipse.

– Ton gars ne t'intéresse guère, qu'on dirait. Depuis plus de six semaines, il est là à se traîner du Tribunal à chez la belle Catherine. Il a fini de semer les avoines, il bute les pommes de terre, sème les haricots et les carottes et passe le grand chaud du jour à regarder voler les mouches du Mage, pendant que toi et ta femme, vous « démantibulez » dans les rues de Paris. Qu'est-ce que ça veut dire tout ça, hein ? »

Mais Louis Châgniot n'entendait plus, il était déjà devant chez la Nannette qui disait :

« Te voilà revenu ? On croyait bien qu'ils t'avaient refusé le passeport ! » Alors que le Daudi, en train de couper une brassée de viorne fraîche pour réparer une corbeille, lui faisait avec ses grosses paluches des petits signes d'amitié en se cachant de sa sœur.

Toujours posté sur son observatoire, le Mage,

paralysé, suivait des yeux la procession des véhicules.

« Crédié! C'est ton père qui a amené du renfort, méfie-toi! » dit-il en se retournant sur le vide : Loulou était déjà parti à toutes jambes. Il remontait la ruelle du Contrepet, tournait au coin du grenier à sel (tout cela n'était que ruine, bien entendu), grimpait dans un éboulis couvert d'un épais taillis de lierre, de sureaux et d'orties, avec des ronces en chevaux de frise. On voyait de très loin cette boule de verdure qu'on appelait la barbe-à-Jeanne. Le nom ancien, noble et respectable, en était la barbacane, mais allez donc conserver aux choses un semblant de grandeur, voire de vérité historique avec ces Bourguignons de la Montagne!

Il y avait, dans ce repaire, des escaliers éboulés, des archères aveuglées de lierre, des réduits branlants d'où l'on pouvait s'échapper dans toutes les directions, à condition de connaître. C'était tellement serré et confus que même les poules n'y venaient plus.

C'était là que se précipitait Loulou chaque fois que l'alerte était donnée, qu'une voiture montait la côte. Il y avait trouvé une sorte de fenêtre de guet, une espèce de meurtrière faite pour battre le flanc et la base des deux tours et des murs d'ouest et de nord. De là, on voyait la route grimpant sur plus de trois kilomètres qui jouait à cache-cache avec la forêt. Essoufflé, il s'assit et regarda. C'était bien la voiture de son père, conduite par lui-même, qui venait en tête. Il étouffa un « M...! » grondant, en reconnaissant sa mère, sa sœur. Une autre personne les accompagnait.

Pour la deuxième voiture, il étouffa un « M...! » gigantesque car il venait de reconnaître le docteur, le docteur Goldenberg, « son » médecin, le grand spécialiste toxicologue qui le « suivait » – c'est bien le cas de le dire – depuis trois ans, accompagné de trois personnes, dont une femme qui se retenait aux montants de la portière pour ne pas sauter à pieds joints dans cette nature « prodigieuse », ce site « fabuleux », « fascinant ».

Dans la dernière voiture, quatre hommes silencieux mais qui n'avaient pas les yeux dans leurs poches! Ah! que non! Ils avaient des papiers en main et regardaient. On aurait dit quatre de ces buses qui planent comme ça, l'air de rien, et voient une musaraigne à trois kilomètres.

Tout ce monde prit la porte Guillaume, la ruelle des Queuses et se retrouva devant la ruine Châgniot et la maison Bichot; pendant que les autres avaient sorti les appareils, Louis Châgniot fut bientôt chez le Mage.

La porte était ouverte – elle n'était d'ailleurs jamais fermée – et donnait sur un grand panorama de vol nuptial mais mon Mage, pour se tenir sur ses gardes en se donnant une contenance, s'était mis à ramer ses premiers petits pois, déjà trop hauts, à petits gestes précis. C'est là qu'il le trouva.

« Où est Loulou?

– Ah! ça, diable, je n'en sais ben ren, mon vieux frère!

– Comment vous ne savez pas?

– Non. Depuis un moment, il débarde notre bois dans le bois de la Loutre.

– Quand reviendra-t-il?

– Quand il aura fini. Et pis, il viendra bien pour la soupe, pleurez pas! Il bouffe comme une vache pleine de trois mois. On ne peut plus le retenir.

– Mais alors... il ne se pique plus! hasarda Louis.

– Je ne peux pas te dire mais je ne sais pas

comment il ferait, il n'a pas de denrée ici, et puis il n'a pas d'aiguille, non, il n'a pas d'aiguille. Depuis le temps que je cherche, j'ai jamais rien trouvé. Et pis, enfin, il travaille sec. C'est pas un premier commis, mais pour un parigot, c'est pas mal du tout. Il me rend de sacrés services... »

Le docteur s'était approché.

« Et comment vit-il?

– Il travaille, il dort et, surtout, il mange. Ah! foutre bleu, ce qu'il peut avaler! Et même, il chante. Enfin, je l'ai entendu quand il se croyait seul, je suis sûr qu'il a chanté. Ça s'appelle bien vivre, tout ça, hein? »

Le Mage, comme toujours long à se décider à parler, commençait à y prendre goût et, pour tout dire, les questions de tous ces gnaûlus lui en fournissaient matière. Parti d'un si bon pied sur ce terrain, il était capable de jaser trois heures d'affilée sans boire. Il ne s'en priva pas et les vérités premières aussi bien que ses sophismes préférés se mirent à tomber comme grêle en giboulée, scandés par : « Eh! messieurs! ça vous étonne?

« ... D'ailleurs, disait-il par exemple, votre jeune homme, vous ne le reconnaîtrez pas. Depuis bientôt deux mois que vous l'avez abandonné à Montfranc, il a repris huit ou dix livres. Nous lui avons coupé les cheveux et la barbe. C'est notre belle Catherine qui lui avait fait promettre et un beau jour il a demandé à reprendre l'allure d'un chrétien. Surtout pour les cheveux, ça le gênait pour travailler. Pour manger aussi. C'est notre Catherine qui fait le perruquier pour tout le village. Elle l'a entrepris...

– Quelle Catherine?

– La Catherine de la Communauté. Ayez pas peur, c'est pas elle qui va vous le violer. C'est déjà fait par ailleurs et par d'autres, il y a belle heurette!

« Notre Catherine, je ne sais comment elle s'y est prise, mais elle en a fait un beau petit jeune homme, propre comme un sou neuf. Ça lui a redonné vingt ans de santé à votre paumé. Vous verrez... si toutefois il accepte de vous voir. »

Le soleil rayonnait sur le grand panorama que l'on découvre en général depuis ces vieux villages perchés, aujourd'hui encasqués d'un maquis de ronces et de clématite et d'où sortaient les deux grands ormes morts (ils sont tous morts, aujourd'hui ! La race de l'orme vient de s'éteindre) sur l'un desquels le couple de circaètes local était venu se percher.

Le docteur réfléchissait doctement, en allant et venant entre les fientes de poule. Il s'arrêta et commença son interrogatoire.

« Vous dites qu'il ne se pique plus ?

– J'ose le penser, oui.

– Et vous dites qu'il mange ?

– Diable ! Quand il a fini chez moi, il va continuer le repas ou chez la Nannette ou chez le diable ou chez la Catherine. Il est toujours en train de grapiller une beursaude par-ci, un pruneau par-là.

– Il engraisse ?

– A vue d'œil.

– Il chante ?

– Oh ! c'est pas l'Opéra de Paris, sûr, mais il chante. Enfin..., de temps en temps.

– Et il ne se pique plus ?

– Je pourrais presque le jurer... »

Le docteur resta perplexe et laissa tomber, après une drôle de moue : « Je n'y comprends plus rien... »

C'était ce qui devait ouvrir les vannes.

Le Mage eut d'abord son grand rire de chien fou, qui fit envoler les circaètes, puis : « C'est pourtant vains dieux pas difficile à comprendre! comment? Voilà un gars qui ne voit jamais ni sa mère ni son père qui le laissent pourrir dans son merdier parisien de jeunes paumés pas seulement capables de pisser debout. Aussitôt qu'il ouvre un œil, c'est pour se voir au milieu d'eux, allongés sur le trottoir, en train de s'écaler les pieds au milieu de leurs transistors, à pleurnicher "les droits de l'homme", "les droits de la femme", le droit des pédérastes, le droit des lesbiennes, le droit des jeunes, le droit des vieux, le droit au travail, le droit de ne rien faire, le droit à la liberté, le droit à tous les droits – y a pas de raison, on n'est plus au Moyen Age...

« Il les voit défiler avec des banderoles qui proclament la misère, le malheur de l'humanité, le malheur des petits, le malheur des gros, non à la pollution qui nous aura tous, la bombe atomique qui ne nous loupera pas, le SIDA qui bouffera le reste. Ils sont au courant de toutes les révolutions, de tous les tremblements de terre. Surinformés, qu'ils sont... et pas des choses roboratives.

Quand on leur demande ce qu'ils font, ils se lèvent à peine sur un coude pour dire "Étudiant chômeur"... Et tout d'un coup, vous l'amenez là, 600 mètres d'altitude, huit juments, douze cochons, des bois et encore des bois, trois mille hectares d'un seul tenant et d'autres donnés en pâture aux brebis, quelques pierres qui tiennent encore debout, assez pour convenablement protéger les indigènes de la pluie, de la grêle et des grands froids. De l'eau de source, du bois à brûler, de la nourriture à refus, du travail tant qu'il en veut. Ici, pas d'autre bruit que les trois angélus du sergent-major et une vache qui brame son veau ou la Sidonie qui huche ses brebis... Et vous dites que vous n'y comprenez rien!... »

Le docteur écoutait la mercuriale, non sans surprise, car il n'avait jamais entendu exprimer ces choses de cette façon-là et le Mage ne lui laissait pas le temps de pousser un mais. Pourtant, il était fort aussi pour le baratin, le brave docteur, mais l'oxygène l'étouffait.

Le Mage, sur sa lancée, répétait : « Et vous dites que vous n'y comprenez rien? C'est alors que vous êtes bouché comme un escargot de la Saint-Sylvestre!

– Mais enfin... il est en manque! répétait le docteur. Et nous savons ce que ça veut dire... A l'heure qu'il est, monsieur, il devrait être... ah! vous ne pouvez pas imaginer!...

– Je sais. J'ai vu un légionnaire, au Riff en 27. J'ai compris. C'est pas du beau à voir.

– Il est en manque! répétait le docteur.

– Oui, je vous l'ai déjà dit, hurla le Mage. Il est en manque de père, il est en manque de mère, il est en manque d'oxygène, en manque de travail, de vrai travail. Étudiant en sociologie, ce n'est pas du travail. En manque d'amitié solide, en manque de certitudes, en manque d'idéal et tout ça débouche pour lui... sur la drogue et le chômage. Il le sait bien. Il m'en parle souvent : " Nous sommes une génération de sacrifiés, de paumés, de tordus. Le chômage... il y a déjà presque deux millions de chômeurs et, de plus en plus, on débauche partout. Non seulement on débauche dans l'immédiat mais, dans les superbes projets de modernisation, la France prévoit de ' libérer ' deux mille emplois par-ci, six mille par-là. L'électronique est merveilleuse qui permettra de ' libérer ' des milliers de gens. On sait ce que ça veut dire ' libérer ' : tout le monde à l'A.N.P.E., pour le chômage, ouais... Quand j'arriverai sur le marché du travail, je l'ai calculé, il y aura plus de deux millions de chômeurs ! alors, pas la peine ! »

« Voilà ce qu'il me rabâche chaque fois qu'il n'a plus un coup de pioche ou un coup de cognée à portée de la main. Il pique des rages, par moments, que je suis obligé de lui faire faire deux ou trois chariots de bois. Là, ça lui passe. Il se reprend, il chantonne. Il fait risette à notre Catherine. Et même, il saute à cloche-pied comme un vrai jeune... Mais par ailleurs il voit des choses qui le revorchent : par exemple, en bas, dans la vallée, ils ont mis le téléphone. Le téléphone pour tous, et allez donc, on a les moyens ! Il est arrivé une équipe de quinze gaillards, onze Portugais, trois Arabes et un Français. Voui, Messieurs : onze Portugais et trois Arabes pour poser le téléphone chez ces admirables Français qui ont tout inventé, tout imaginé, tout trouvé. Eh bien, dans ce beau pays intelligent, les essais du téléphone ont été faits en charabia : en portugais ou en arabe ! Obrigado ! Ouakha ! Si, no, ouallou, bezeff... et cela en France, Messieurs ! En France, avec deux millions de chômeurs !... Et le comble, voilà que viennent d'arriver, pour couper les arbres de futaie de M. le Marquis, une équipe d'une vingtaine de rudes bonshommes... On est allé les chercher où, Messieurs ? En Anatolie centrale. Oui, Messieurs. Des Turcs. Ce sont des Turcs qui vont couper nos chênes de futaie. Il y a pour trois ans de travail. On leur a installé une petite roulotte avec couchettes, chauffage et tout. Et dans le coin il y a plus de quarante bûcherons qui se bavent sur les genoux en calculant leur allocation de chômage, mais on fait venir des Scythes, voui, Messieurs...

« Voilà la France, la France, Reine des Nations, Messieurs, voilà le pays des libertés et du bon sens ! »

Le Mage se retourna vers l'ardent auditoire qu'il croyait avoir rassemblé autour de lui : il n'y avait plus personne. Ils étaient tous repartis dans le village en appelant : « Loulou ! Loulou ! Loulou ! »

Ils étaient las, bien sûr, d'entendre ce vieux fou répéter, sous une forme pittoresque, il est vrai, ces lieux communs bourgeois et odieusement racistes qu'ils entendaient tous les jours et que le vieux dévidait d'habitude dans le vide et le silence des friches. Pour une fois qu'il avait un auditoire, il entendait leur en assener deux ou trois bons coups sur la tête. Et vains dieux de merde, ils s'enfuyaient ! Il continua néanmoins.

Les visiteurs, eux, s'étaient dispersés dans le village en hélant Loulou à tous les échos mais ils avaient emporté leurs appareils photographiques et photographiaient tout depuis la vache du Treubeudeu jusqu'à la jument de la Lazarine sous toutes leurs faces et, s'étant trouvée nez à nez avec une poule, Mme Châgniot la mitraillait, alors que, devant la cage aux lapins de la Nannette, elle avait ouvert une porte, s'était saisie du lapin mâle et l'embrassait, oui, en lui donnant des baisers sur le museau, en minaudant, lui susurrant des mots d'amour. Le Mage, l'ayant aperçue, lui cria :

« Mais laissez-le, ce lapin ! Elle ne vous a rien fait cette bête ! Vous risquez foutre la crevaison à tout le clapier avec vos rouges, vos verts, vos violets, vos maquillants et vos démaquillants, avec vos emplâtrages et vos crépis ! Je te demande un peu ! Embrasser un lapin ! Et c'est pas foutu d'élever ses gosses ! »

Sucrée, Marlène répondit en pleurnichant : « Ah ! vous savez ! les enfants d'aujourd'hui...

– Les enfants d'aujourd'hui ? Dites plutôt les enfants du ski de printemps, de la télévision, des magazines! Cet enfant n'est pas votre fils, femme Châgniot. »

Alors, lâchant brusquement l'« adorable petite bête » qu'elle pourléchait, Marlène Châgniot se jeta sur le Mage : « Mais qu'est-ce qu'il a celui-là? Il est complètement dingue! Vous n'avez pas le droit au chapitre, sauvage! »

Lâchant son « haha » sardonique, le Mage tourna les talons; il pensait aux quatre busards curieux qu'il avait entrevus dans la troisième voiture et qu'il ne voyait plus; il se mit à leur recherche. Il les trouva bizarrement installés au-delà de l'abreuvoir sur le parvis de l'église. Ils étaient à quatre pattes, de grandes feuilles étaient étalées sur le sol devant eux et, s'approchant, le Mage vit qu'ils avaient gratté la terre et redécouvert le signe géodésique et que ces feuilles n'étaient autres que celles du cadastre. Oui, ces curieux bonshommes utilisaient les feuilles du cadastre et le Mage fit une colère d'autant plus violente qu'elle était entièrement « rentrée », comme il disait.

« Non! On ne devrait pas donner le cadastre à n'importe qui! Montfranc appartient aux Francmontois et pas à n'importe quel métèque qui arrive de Paris et à qui on donne de confiance le secret de ses chaumes et de ses tenures! Que diable! On ne peut plus être chez soi! »

Les quatre hommes, très occupés, orientaient le plan en faisant de grands signes possesseurs à vous donner des frissons dans le dos. Il lui sembla entendre, alors qu'il s'éloignait : « On verra ça avec la photo aérienne. »

Plus loin, il trouva le brave docteur qui, lui, photographiait sous toutes ses faces la maison des Cariatides. Une ruine, certes, mais à laquelle il restait bien des beautés.

« Vous ne l'avez pas encore retrouvé, votre Loulou? ironisa le Mage.

– Non, monsieur, non, mais j'ai trouvé bien d'autres merveilles. Cette maison à encorbellement, là-bas, cette maison des Cariatides, et ceci, et cela! Votre village est une pure merveille! Quel dommage de ne pas (il allait dire " exploiter " mais il se reprit)... de ne pas faire connaître ça au monde!... C'est que j'aime tellement la France! Je suis en admiration devant votre patrimoine! » s'exclama le docteur Goldenberg qui était né dans le ghetto de Kiev, était venu en France après sept ans d'Allemagne, le pauvre, et ne parlait français que depuis six ans. Ce qui était tout à son honneur.

Quoi qu'il en fût, Loulou ne semblait plus les intéresser beaucoup.

Tout à coup, se grattant la tête sous sa casquette, le Mage prit un air profondément inquiet.

« Qu'y a-t-il, monsieur? »

Il mit un temps pour répondre et ne le fit qu'après avoir regardé successivement aux quatre poins cardinaux, et reniflé le vent :

« Vous voyez ce nuage blanc qui monte tout là-bas au-dessus du Revermont. Eh ben, vous allez voir ce qu'il va devenir ici, ce soir! A rouche les chiens [1], que ça va tomber!

– Vous croyez?

– Oui, ici, on dit qu'il faut se méfier des moutons qui montent de la Bresse.

– Un orage?

– Ça va péter de tous les bouts et notre route sera impraticable. »

La Nannette passait en courant, une badine à la main.

1. *Pleuvoir à rouche les chiens :* pleuvoir très fortement.

« Je cours rentrer mes pintades : l'orage va les époulvauder[1] que je mettrai trois jours pour les retrouver. »

Le Mage rattrapa ses visiteurs : « Bon! Vous ne savez pas ce que je ferais si j'étais vous?

– Non.

– Eh ben, je reprendrais les voitures et je partirais. Vous ne serez pas arrivés à la vallée que ça va craquer de partout.

– Et notre Loulou?

– Le Loulou qui n'est pas le vôtre, sinon il serait venu au moins vous embrasser, car il vous a bien vus, lui, pleurez pas, vous le verrez une autre fois, encore plus beau qu'aujourd'hui... »

Le Mage qui avait toujours une oreille qui traînait entendit : « C'est formidablement, fantastiquement intéressant! »

C'était Châgniot qui, repris par le parisianisme de ses acolytes, n'en était pas à un adverbe près. Ce à quoi, à voix basse, le docteur répondit : « Oui... Il y a matière à faire quelque chose! »

On entendait maintenant gronder sur la plaine le ronflement des moteurs : persuadés par les airs à la fois goguenards et sérieux du Mage, les Parisiens abandonnaient la place. Puis on n'entendit plus que le tonnerre qui se rapprochait.

Loulou réapparut, l'air radieux comme s'il venait de trouver le collier de la Toison d'Or. Et la pluie se mit à tomber en gouttes larges comme des feuilles de groseilliers sauvages.

1. *Époulvauder :* affoler.

11.

Vint le temps de la grande miellée.

Le ciel était rempli d'éclairs sonores qui semblaient venir du zénith et retourner se perdre dans l'immensité.

Balthazar et Loulou passaient leur temps, nuit et jour, à surveiller leurs ruches expérimentales. La nuit, ils montaient au grenier, avec leurs lampes d'écurie et se postaient derrière une ruche, immobiles, regardant aller et venir les ouvrières dans les rayons alors que les butineuses, fortement agrippées à la table de vol, agitaient sans cesse leurs ailes pour provoquer inlassablement la ventilation afin d'assurer l'évaporation du nectar et d'éviter la moisissure.

Les ouvrières semblaient venir encore verser leur dernière goutte de nectar une à une, bien régulièrement, ou bien vérifier l'étanchéité de la fermeture. Les autres semblaient travailler au nettoyage, notamment à l'élimination des mâles, morts d'amour et de faim, et qu'elles poussaient patiemment vers le trou de vol. Et, au fur et à mesure que les alvéoles étaient pleins, elles y déversaient, d'un geste peu élégant, une goutte de cet aldéhyde formique dont elles se servent pour se défendre et pour désinfecter, puis recouvraient le tout d'une mince pellicule de cire vierge, comme une bonne vieille grand-mère occulte avec une cuillerée de paraffine ses pots de confitures.

Ce que le Mage cherchait aussi à savoir, c'était la densité de la récolte de la nuit et celle du jour. Il était curieux de voir à quelle vitesse ces alvéoles se remplissaient. Les deux hommes en faisaient la remarque chaque nuit.

Dans cet immense grenier où le vrombissement des abeilles ressemblait à un ensemble de violoncelles en train de s'accorder, Loulou restait là, immobile comme une roche, et commençait à connaître les rythmes, les pulsations de la ruche qu'il avait choisie : on eût dit qu'il voulait comprendre ce profond langage cosmique.

Ils demeuraient là tous deux jusqu'à l'aube quelquefois.

Le jour, ils s'installaient près d'un champ de luzerne, ou même simplement devant une touffe de lupin dans le petit jardin à fleurs de la Nannette, et là encore, ils regardaient cette quête fébrile et sûre, aussi sûre que si elle était dictée par une autorité supérieure, organisatrice, exigeante et pressée.

Ils en parlaient avec passion, tant et si bien que le Mage fit en grand secret à son condisciple l'aveu d'avoir là-dessus commencé des expériences presque enfantines et vite abandonnées, faute de temps.

« Mais maintenant que tu es là et que tu me décharges des gros travaux, je me demande si le temps n'est pas venu de recommencer.

– Dites seulement ! lança Loulou les yeux brillants.

– Voilà : il s'agit du langage des abeilles.

– Du langage ?

– Oui : lorsque j'introduis dans un endroit vierge une source mellifère plus ou moins importante, arrive une abeille errante qui, découvrant cette source nouvelle, l'inspecte, la goûte, en fait deux ou trois fois le tour, suivant son importance, et file droit vers la ruche, comme une folle.

« Le temps d'un aller et retour et voici un escadron de butineuses qui arrive, à toutes ailes, directement de la ruche, sans une hésitation, sans un remords, et se jette avec décision sur la source sucrée.

– C'est la première qui les ramène !

– Non pas. La première n'est pas forcément là. C'est donc elle qui a communiqué aux autres la longitude et la latitude du gisement...

– Peut-être... mais comment avez-vous fait pour recueillir ces premiers renseignements ?

– Eh bien, voilà : je me suis mis sur la table de la cuisine que j'ai installée dans le fond du jardin derrière le petit hangar, au nord, fort loin de mes ruchers. J'ai mis un sucre sur la table et j'ai attendu. La chose n'a pas mis plus de quelque vingt-deux secondes pour se produire...

– C'est parce qu'elle l'avait vu, votre morceau de sucre !

– C'est ce qui vient d'abord à la penserotte. Alors j'ai déménagé tout mon saint-frusquin ; je me suis caché sous la tonnelle, à l'ombre et j'ai mis le morceau de sucre dans une boîte d'allumettes où j'avais fait une ouverture de vol. Il ne se présenta pas d'abeille parce que le coin était obscur et froid. J'allai donc capturer une abeille sur le lilas et je l'ai amenée ici. Je l'ai mise dans la boîte. Elle y est restée un moment pour prendre ses repères, je pense, puis elle est ressortie prestement, s'est envolée, a fait quatre fois le tour de la boîte d'allumettes et a rejoint directement la ruche. Vingt-huit secondes plus tard, un commando de neuf abeilles arrivait sans elle, reconnaissait les lieux en trois ou quatre tours de vol, puis s'engouffrait sans hésitation dans l'obscurité de la boîte pour en ressortir vingt secondes après, gavé et filant directement sur le rucher. Comment la première avait-elle donné les renseignements aux secondes pour les engager à entrer dans cet endroit retiré, très obscur, froid, désert (il n'y avait aucun autre insecte)? Je dois dire que vingt-huit secondes plus tard, il revenait un commando, double du premier et ainsi s'établit une sorte de pont aérien. »

Loulou restait là, bouche ouverte.

« Si on recommençait l'expérience? » dirent-ils presque ensemble.

Ils s'installèrent dans un réduit assez obscur où le Mage rangeait ses châssis et qui donc se trouvait vide à cette époque.

« Mettons toutes les males chances de notre côté, dit Loulou. C'est moi qui vais aller chercher le morceau de sucre et la boîte d'allumettes et monter le dispositif. C'est vous qui irez chercher l'abeille. »

Un instant plus tard, tout était monté et l'abeille introduite dans la boîte s'envolait triomphante et gagnait le rucher. Il faut dire qu'auparavant ils avaient insufflé doucement de la poudre très fine de cire rouge dans la boîte et que l'abeille en sortit couverte de cette poussière qui collait à son corselet et son abdomen, ce qui permettait de la reconnaître sans erreur.

Elle s'envola donc vers le rucher. Ce n'est que trente secondes environ plus tard qu'un vol de sept abeilles s'abattit sur la table. La première n'y figurait pas. Elles faisaient toutes un vol circulaire de reconnaissance et, franchement, entraient dans la boîte pour en ressortir bien vite et gagner le rucher alors que d'autres insectes arrivaient avant même que les secondes fussent envolées. Le pont aérien était établi et fonctionnait avec une grande activité.

« C'est parce que la première leur a décrit le parcours, puis l'image de la boîte, du trou...

– Possible, mais comment? Nous arriverons bien à le savoir », dit le Mage.

Mais le soir tombait. Ils revinrent au logis, firent une omelette à la ciboulette après une écuelle de soupe et la ration habituelle de gelée royale diluée dans une cuillerée de miel, quelques noix, les dernières de la saison et, après discussion bien sûr centrée sur leurs expériences, allèrent se coucher pour ne s'endormir qu'à trois heures, ayant envisagé, dans l'immense silence de la nuit, toutes les éventualités, notamment : « C'est l'odeur qui guide les butineuses, odeur transmise par la première abeille inventeur du gisement », pensèrent-ils tous deux au même instant.

Le lendemain, bien entendu, ils éliminèrent l'odeur en changeant leur dispositif de place, en remplaçant – pendant l'absence de la première abeille – la boîte d'allumettes, dans laquelle ils ne mirent pas de sucre. Le commando de butineuses revint fidèlement et elles entrèrent sans barguigner dans l'antre vide – ce qui eut l'air de les étonner grandement.

Les expériences devaient durer plusieurs mois, les obstacles étant multipliés au fur et à mesure que les abeilles les surmontaient avec une facilité étonnante.

Ils allèrent même jusqu'à couvrir la boîte par un amas de feuilles de troène et d'herbe et ne faire communiquer la boîte, d'où ils retiraient le sucre, que par un long cornet étroit de papier fort.

Les butineuses venaient, marquaient un temps d'étonnement, puis se mettaient à la recherche d'une entrée, trouvaient l'unique orifice, s'y engouffraient avec peine pour ne ressortir que quinze minutes plus tard, gavées de sucre ou non selon qu'ils avaient laissé ce sucre ou l'avaient retiré.

On comprend que, lancés sur cette voie, les deux chercheurs perdissent la notion de l'heure, du temps, des repas et répondissent « bonsoir Nannette » alors que c'était le sergent-major qui les saluait. Ces choses n'échappent à personne, surtout à Montfranc-le-Haut.

Ils en arrivèrent à concevoir des constructions labyrinthiques où les abeilles successives semblaient parfaitement renseignées par la première initiée.

Ils passèrent ensuite à l'observation de la ruche : que se passait-il lorsque la première initiée revenait pour la première fois ? C'était la recherche la plus difficile. Grâce aux poudres colorées, ils purent poursuivre le retour de la découvreuse à la ruche. Là, elle se livrait à des vols bizarres décrivant des ellipses qui leur semblaient orientées en fonction de l'altitude, de la direction et même de l'importance du gisement car toutes s'y dirigeaient avec suffisamment de précision et sans hésitation ; mais étaient-ce bien ces signaux qui servaient de langage ? Y avait-il des chercheuses-trouveuses qui s'occupaient exclusivement de la découverte et venaient alerter les butineuses ? Cela ne leur parut pas une bonne réponse car la première revenait toujours, ou presque toujours, avec les autres butineuses au cinquième ou sixième voyage pour butiner à son tour elle-même.

On voit jusqu'où cette recherche, commencée à propos d'un malheureux morceau de sucre posé sur une table, pouvait entraîner deux hommes, si différents pourtant, et comment cela devait transformer la vie du jeune homme saisi par la richesse et le nombre de sujets d'observation capables de donner un sens à la vie.

Il faut dire qu'ils ne savaient pas qu'à peu près à la même époque, un savant allemand faisait le même genre d'expériences mais donnait à ces questions des réponses bien péremptoires et, à mon avis, trop audacieuses! Ce n'est que plus tard qu'ils l'apprirent et ils en furent tout bouleversés. Car, là aussi, y avait-il transmission à distance – et par quel moyen? – des mêmes inquiétudes et des mêmes questions. La seule différence était que cet entomologiste d'outre-Rhin en avait fait une thèse ou une communication à je ne sais quelle sorte de sanhédrin qui lui avait accordé un prix. Alors que, pour eux deux, ne restait que la merveilleuse satisfaction de l'esprit et la guérison totale – oui, il faut bien en venir là – du toxicomane.

Leurs préoccupations étaient si vives qu'ils sacrifièrent une partie de la fauchaison et que le temps de la récolte fut bientôt là, mais ce furent les voisins qui firent leurs travaux. Lorsqu'ils eurent fini de nettoyer les hausses vides pour les stocker au sec, ils s'aperçurent que leur travail était fait.

A cheval sur une chaise spéciale, le Mage désoperculait les rayons, au-dessus d'un baquet dans les anses duquel il avait passé un linteau de bois sur quoi il essuyait son sabre.

Son sabre? Oui : tenant de la main gauche au-dessus du baquet le rayon à désoperculer, il brandissait son sabre au-dessus de la plaque gorgée de miel. Il riboulait alors des yeux de furieux, comme un cosaque à la tête d'une charge de cavalerie, et il attaquait le rayon, glissant sa lame entre le cadre de bois et la fine couche d'opercules qu'il rasait avec une grande fermeté. Comme un large ruban couleur d'ambre foncé, la plaque d'opercules se déroulait sur sa main et, lourde de miel, tombait dans le baquet à opercules pour s'y lover avec un bruit de soie. Il dégageait ainsi une surface embaumée où le miel commençait, en raison de la pente donnée au rayon, à perler et il était grand temps, après avoir fait les deux faces du rayon – en quelque sorte de la pointe de « l'épée » –, de le passer dans l'extracteur centrifuge.

Oui, les jambes écartées, à cheval sur sa chaise poisseuse, il avait l'air d'un sabreur sanguinaire et furieux. Il faut dire maintenant que ce sabre, qu'il avait trouvé dans son grenier, était une arme qu'une patrouille de Uhlans avait laissée là, à leur court passage en février 1870. Mais, comme il faisait avec chacun de ses outils, il l'avait modifié à grands coups de lime – et même à la forge – de façon à désaxer la poignée par rapport à la lame sous le bon angle d'attaque, tout à fait à plat, et dans le plan du rayon –, cela donnait une arme dont l'usage n'était connu que de lui.

Le travail de Loulou consistait à prendre chacun de ces rayons ainsi préparés et à les placer dans l'extracteur. En effet, le Mage avait, un jour de folie, acheté un extracteur à manivelle, à douze rayons à position radiale; ce qui lui semblait être l'ultime concession qu'un homme comme lui devait faire au progrès.

Tout cela se passait dans le « taborgnau ».

Le mot « taborgnau » qui, en Bourgogne, est comme il se doit un frère du mot « tabernacle », désignait ici une arrière-petite chambre à four éclairée par une lucarne. Les rayons à désoperculer étaient au fur et à mesure empilés dans l'antichambre du taborgnau. Tout cela sentait bon le miel, la fumée, la propolis.

Chaque fois qu'une « fournée » était désoperculée, le Mage chevauchait sa chaise, y consolidait son assiette en bon chasseur d'Afrique qu'il était, et d'un geste, toujours le même, sortait son sabre qui se réchauffait dans l'eau chaude, le brandissait avec un sourire sadique qui montrait toutes ses trente et une dents en criant « Poin... tez contre cavalerie », et la chevauchée recommençait, transformée en combat épique pour cet homme hors mesure dont Loulou sentait bien qu'il n'avait pas fini de faire le tour. Les gens du village, qui savaient, par les odeurs de fumée âcre qui envahissaient le pays, que le Mage « coupait ses mouches », étaient là à la porte, qui une soupière, qui un seau à la main, quémandant du « miel d'opercules ».

« Ah! mes gaillards, leur disait-il, vous voulez vous nettoyer la tripe! Mais, moi j'en ai besoin pour la maturation. Allez, foutez-moi le camp! »

Car les opercules étaient conservés pour les faire « maturer » après filtrage avec le miel brut, sans quoi, faute de son aldéhyde, il risquait de fermenter.

En revanche, il disait à Loulou :

« Toi, bouffes-en de l'opercule. Ça finira de te nettoyer... Ça te donnera aussi peut-être un peu la courante. Preuve que ça nettoye! »

Dès le premier soir de la récolte, il en remplit une espèce de sucrier en porcelaine qu'il enveloppa dans un torchon et, en grand mystère, longea les murets de pierre sèche au-delà de la porte de la Chaume et le porta en secret à Nannette. Il lui présenta :

« Voilà, comme d'habitude, Anne (il disait An-ne à l'ancienne mode), les prémices de mon rucher. »

Nannette prit sans mot dire. Elle était toute rose de joie, mais n'osait pas parler. Lui, après un silence qui se prétendait gêné, dit à voix bien posée :

« An-ne, voilà tantôt quarante ans que... »

Elle le coupa.

« Non, trente-huit, Julien Bichot, trente-huit très exactement, à trois jours près, que tu as commencé à m'apporter ton premier miel.

– Trente-huit ans trois jours? répétait le Mage, ébaubi. T'as compté?

– Tu le sais bien, gros bête, que je compte.

– Mais alors... ça n'a plus de sens.

– Qu'est-ce qui n'a plus de sens?

– Ton refus, An-ne, ton refus n'a plus de sens.

– Si, il en a un, et tu le connais bien. C'est la volonté de Dieu, je me dois à mon estropié de jugement, et je n'ai pas le droit de t'en faire porter la charge...

– Goguenotte [1]! »

Elle coupa très court : « Je t'en remercie bien, Julien Bichot. C'est mon Daudi qui va être content. Il aime ça à s'en damner.

– Ne détourne pas la conversation, An-ne. Ça fait bientôt quarante ans que je suis amoureux de toi, quarante ans que je te le dis de trente-six façons et quarante ans que tu ne m'as jamais détrompé là-dessus. Tu ne m'as jamais donné que cette raison, que je t'accorde : le Daudi. Quarante ans que je te dis que j'en prends avec toi la charge. »

Il se rapprocha : « Tu te souviens, Nannette, quand je revenais avec toi, tu avais dix-neuf ans, par le chemin des abreuvoirs. On avait de bons

1. *Goguenotte, goguenette :* faribole, fadaise.

moments et moi j'étais bien sûr que tu deviendrais ma femme. Tu te souviens, Nannette, que je t'ai embrassée...

– Tais-toi !

– ... Et que tu m'as rendu le baiser, avec intérêt on peut le dire.

– Mais tais-toi donc. Tu vas me revorcher la cervelle et c'est tout ce que tu vas faire. »

Puis, se retournant face à lui, toujours dure : « Oui, je t'aimais aussi Julien Bichot, et tu le sais bien, ces souvenirs sont les plus beaux de ma vie, les seuls, mais je dois les serrer bien au fond de mon grand tiroir. Ne crois pas que je ne les ressors pas de temps en temps pour les regarder.

– Vrai ?

– Oui, pour me requinquer un coup.

– Tu as besoin de ça pour te requinquer ? »

La voix de la fille venait de changer comme lorsque enfant elle le kiaulait depuis la chaume aux Romains. Elle hésita, puis la voix brisée et grave.

« Oui, Julien. J'ai besoin de ça...

– Alors, bon Dieu, ce serait-y pas plus commode qu'on se marie, pour se requinquer tous les deux ensemble.

– Oh ! toi, tu es ferme comme l'âge de la charrue. Mais moi...!? »

Il la regarda, du coin de l'œil plissé : « Tu crois ça, toi, que je suis ferme comme l'âge ?

– Mais tu nous vois, deux vieux ?

– An-ne, t'as jamais été si belle ! An-ne...

– Mais, tais-toi donc ! Je t'assure que tu peux faire le coucou avec les sauterelles qu'on voit au canton...

– Et pis " vieux ", ça ne veut rien dire positivement. Il me faut quelqu'un comme toi pour mener avec moi une affaire comme la mienne. Et vous ne suffirez bientôt plus, le Daudi et toi, pour mener la vôtre.

– Oh! pour ça...

– T'es ben d'accord là-dessus, hein? Alors, tu connais la solution.

– Pour sûr que je la connais TA solution, ça fait bientôt quarante ans que tu me la dis en m'apportant mon premier pot de miel de l'an!

– Ça, c'est du miel d'opercule, attention hein, c'est pour dégraffer la ceinture, relâcher les boyaux, ou tuer le vercuriau [1], et lubrifier les humeurs de Monsieur... »

Le Mage restait là, comme un petit enfant de chœur, la regardant démouler les fromages pour les mettre chacun sur une belle feuille de platane, les saler à la mesure et les emporter dans ce que la famille avait toujours appelé « le taborgnau des freumages », ce qui n'a plus besoin de traduction, je pense.

Elle en mit un dans une « couloire » puis un autre sur un plat en disant : « Tiens! Emporte don toujours ceux-là, pour votre souper de ce soir. Le Daudi te portera ceux de la semaine. »

C'est alors que le Daudi entra, sa grande bouche fendue jusqu'aux deux oreilles; aussitôt qu'il vit l'énorme pot de gelée royale, il se précipita :

« Hon! C'est bon ça! dit-il. Est du miel! » Et il allait y plonger son énorme index.

« Daudi, ne mange pas ça n'importe comment. Ça se déguste.

– C'est remède : attention docteur! cria le Mage. Je t'en apporterai de l'autre, ou, plutôt, c'est le Loulou qui te l'apportera mais il n'aura pas le temps

1. *Le vercuriau :* aigreurs d'estomac.

de faire sa partie de dominos, Daudi : on est en pleine récolte. On a déjà fait les mouches du grenier, qui sont toujours prêtes les premières. On a fait le verger des Étoules, celui de la Murée blanche, celui des Étoupières, celui des Reculées. »

Il restait les plus profondément retirées dans le maquis.

Le Daudi, au mot de « docteur », s'était rejeté en arrière avec effroi, le poil un peu plus hérissé, la grimace aux lèvres et il regardait fixement ce pot dont il savait bien, au fond, qu'il était sans danger, mais la seule évocation du docteur et de la médecine le révulsait.

A tout petits pas, il avait regagné un demi-mètre mais, les pieds joints, n'osait plus bouger. Enfin, tenant ses mains croisées, il avança timidement l'index, qui était sale comme un ergot de goret, fit mine, à distance, de le tremper dans le miel, le porta discrètement à sa bouche pour le sucer goulûment en faisant une grimace comique qui, sur sa figure de vieux marmuzot, se trahissait par des yeux exorbités et brillants, une bouche gourmande qu'il pourléchait et une langue large et rouge comme un foie de génisse.

Le Mage tourna le dos, très décidé, et s'en alla du côté de la Communauté. Il y arriva lorsque la grand-mère recevait sa soupière de ratafia. C'était Loulou qui lui coupait de longues mouillettes et les lui alignait bien sagement sur le marbre de la table de nuit.

« Et qu'est-ce qu'il vous apporte, le petit Loulou, comme ça, dans un joli petit pot blanc ?

– Du miel.

– Du miel d'opercules !

– J'parie qu'il l'a barboté au Mage, pour l'apporter à une de ses amoureuses !

– Non, c'est à la Catherine que je l'apporte, pas à une autre. »

La vieille réfléchit, trempa une mouillette, la savoura comme un fumeur savoure sa première cigarette et dit : « Ça se pourrot ben ! »

Du bout du doigt, Loulou poussa le pot en direction de Catherine en disant : « C'est la tradition, à ce qu'il paraît. Je ne voudrais pas y manquer. La potion magique comme unique nourriture !... Mais ça, c'est le cadeau traditionnel. Je vous apporterai votre part dans le mois de septembre, quand il sera bien maturé. Vous savez bien que chaque fois qu'on ne mélange pas intimement le miel avec les opercules, il s'échauffe. »

Il insista : « Prenez, Catherine, c'est symbolique. L'aldéhyde formique dans notre amitié, c'est la certitude qu'elle ne fermentera jamais. »

Elle minauda, ne trouvant rien à dire, bloquée par ce mot technique qu'il lui répétait souvent mais qu'elle n'osait pas encore employer.

« Il y a un peu de regain dans la luzerne d'il y a trois ans ; on va aller là couper à la Titus – autant que ce soient les lapins qui en profitent », dit alors négligemment le Mage – puis il sortit.

La grand-mère, le bonnet un peu de travers, continuait à raconter des histoires sans trop de sens mais bourrées de dates que les deux jeunes ne pouvaient pas connaître car elles étaient toutes antérieures aux années 30 et concernaient des faits aussi insignifiants que la Saint-Cochon de l'Armistice ou l'année du grand froid de 1921.

Dehors, le Mage écartait du sabot le vieux chien de la grand-mère et prenait la direction du Tribunal, laissant les deux jeunes face à face en leur lançant :

« C'est du miel médicinal, hein ! C'est pas du

nectar simple. Conservez-le pour les choses que je vous dirai... »

Les deux jeunes gens se regardèrent. Ils étaient derrière le rideau à fleurs du baldaquin. Loulou dit à Catherine : « C'est moi qui vous l'offre. C'est une marchandise pleine de propriétés...

– J'y sens ben », dit Catherine qui, comme les gens de ce pays-là, employait comme complément d'objet le « y » que tous eussent employé pour désigner un lieu.

« Je vous souhaite bonne santé!

– Et moi aussi, Loulou. »

Et pour la deuxième fois, il osa dire, à trois mois de la première : « On devrait s'embrasser à cette occasion. »

Elle baissa le nez, n'oublia pas de rougir : « Si vous voulez, moi je veux ben! »

Le geste suivit aussitôt la parole et, comme leurs lèvres se quittaient, tout bas : « D'où vient que la dernière fois, vous m'avez refusé parce que c'était la Semaine sainte et que, là, vous acceptez sans hésiter.

– Parce que ce n'est plus la Semaine sainte... et aussi parce que c'est la fête du Soleil.

– La fête du Soleil?

– Oui, la Saint-Jean, le jour du solstice. Vous viendrez danser ce soir sur la feulère?

– La feulère? Qu'est-ce que c'est?

– Vous verrez ben. Demandez au Mage. »

Comme il sortait, elle le retint, les yeux baissés :

« Alors, avant de venir ici, vous étiez malade?

– Oui, j'étais malade, Catherine.

– Et ici, comme ça, on vous a guéri?

– On le dirait bien... Je le voudrais bien...

– Le Mage, avec sa gelée royale?

– Peut-être bien que le bon air y était un peu pour quelque chose mais peut-être bien d'autres choses aussi... »

Il la regardait fixement :

« Et certainement quelqu'un d'autre... Oui, le Mage... Certes, le Mage... »

Il lui prit la main, la porta à ses lèvres alors qu'elle la retirait doucement.

« ... quelqu'un comme cette jeune fille-là, Catherine !

– Vous ne savez plus ce que vous dites.

– Non, Catherine, des filles comme vous je n'en avais jamais vu.

– Une jolie trouvaille que vous avez faite là, Loulou... »

Elle se reprit : « Et d'abord je ne veux plus qu'on vous appelle Loulou ! C'est un nom de petit toutou parigot qu'on promène avec un collier assorti à la robe de madame. Il en vient, des fois, ici. Leurs patronnes sont obligées de les porter sur le bras parce que nos chiens les mettraient en chair à pâté. Alors, comment don vous vous appelez ?

– François ! Je me nomme François.

– A la bonne heure », dit-elle, en faisant mine de chercher trèfle à quatre feuilles. « A la bonne heure ! Ça, c'est un nom de chrétien. »

Dijon, le 26 octobre 1985

DU MÊME AUTEUR

Aux Éditions Denoël

À REBROUSSE-POIL.
JE FUS UN SAINT.
LA PIE SAOULE.
LES CHEVALIERS DU CHAUDRON *(Prix Chatrian).*
LA PRINCESSE DU RAIL *(Feuilleton télévisé).*
WALTHER CE BOCHE, MON AMI.
LES YEUX EN FACE DES TROUS.
LE PAPE DES ESCARGOTS *(Prix Olivier de Serres).*
LE SANG DE L'ATLAS *(Prix Franco-Belge).*
LA BILLEBAUDE *(Prix Rabelais – Prix Tony Burnand – Prix Franco-Luxembourg).*
LES ÉTOILES DE COMPOSTELLE.
LES VOYAGES DU PROFESSEUR LORGNON, I et II.
LOCOGRAPHIE.
L'ÂGE DU CHEMIN DE FER.
L'ŒUVRE DE CHAIR.
LE LIVRE DE RAISON DE GLAUDE BOURGUIGNON.

Aux Éditions NM

LE PROFESSEUR LORGNON PREND LE TRAIN.

Aux Éditions Hachette

LA VIE QUOTIDIENNE DANS LES CHEMINS DE FER AU XIXe SIÈCLE *(Bourse Goncourt* et *Prix de la Revue indépendante).*
LA VIE QUOTIDIENNE DES PAYSANS BOURGUIGNONS AU TEMPS DE LAMARTINE *(Prix Lamartine).*
LES MÉMOIRES D'UN ENFANT DU RAIL.

Aux Éditions Nathan

LE CHEF DE GARE.
LE BOULANGER.

Composé par la Société Nouvelle Firmin-Didot
à Mesnil-sur-l'Estrée et achevé d'imprimer par
l'imprimerie Brodard et Taupin
à La Flèche (Sarthe),
le 3 février 1993.
Dépôt légal : février 1993.
1er dépôt légal dans la collection : novembre 1989.
Numéro d'imprimeur : 6869G-5.

ISBN 2-07-038154-4 / Imprimé en France.
Précédemment publié aux Éditions Denoël
ISBN 2-207-23405-3

64494